MW01699514

¿Farsa o amor?

YVONNE LINDSAY

HARLEQUIN™

Editado por HARLEQUIN IBÉRICA, S.A.
Núñez de Balboa, 56
28001 Madrid

¿FARSA O AMOR?, N.º 76 - 25.4.12
Título original: Bought: His Temporary Fiancée
Publicada originalmente por Harlequin Enterprises, Ltd.

I.S.B.N.: 978-84-9010-899-4
Depósito legal: B-4524-2012
Editor responsable: Luis Pugni
Fotomecánica: M.T. Color & Diseño, S.L. Las Rozas (Madrid)
Impresión en Black print CPI (Barcelona)
Fecha impresion para Argentina: 22.10.12
Distribuidor exclusivo para España: LOGISTA
Distribuidor para México: CODIPLYRSA
Distribuidores para Argentina: interior, BERTRAN, S.A.C. Vélez Sársfield, 1950. Cap. Fed./ Buenos Aires y Gran Buenos Aires, VACCARO SÁNCHEZ y Cía, S.A.
Distribuidor para Chile: DISTRIBUIDORA ALFA, S.A.

Capítulo Uno

Era tan increíblemente guapo como la primera vez que lo vio. Y aquellos labios…

Margaret Cole entró en el despacho de William Tanner y no pudo apartar la mirada de la boca de su nuevo jefe mientras él se presentaba como el nuevo director financiero de Empresas Cameron, la empresa que había adquirido Industrias Worth. Había oído que era de Nueva Zelanda y se preguntó si ese hecho era lo que le proporcionaba aquella manera de hablar fría, sin emociones. Dios, ya estaba de nuevo fijándose en la boca. No era de extrañar. Aquella misma boca había reclamado la de ella en un beso que había abrasado sus sentidos y la había llenado de gozo tan sólo hacía seis semanas.

Margaret recordaba incluso en aquellos momentos la presión de los labios contra los suyos, el modo en el que la sangre se le había caldeado y le había corrido por las venas. Había sido la sensación más excitante y embriagadora que había experimentado nunca. Había ansiado más en el pasado y ansiaba más en el presente, pero los hombres como William Tanner quedaban fuera del alcance de una chica como ella, en especial un hombre que probablemente pagaba más por un simple corte de pelo de lo que ella gastaba en peluquería en un año entero. En realidad, no parecía presumido. De hecho, distaba mucho de aparentarlo. Con un aire casual de elegancia de un hombre que probablemente no se pensaba dos veces lo que costaban las cosas, no tenía que hacerlo. Seguramente tampoco pensaba en el precio del traje hecho a medida que tan perfectamente encajaba en la hechura de sus hombros. En aquellos momentos llevaba la chaqueta abierta, lo que mostraba su liso abdomen y estrechas caderas. Incluso con los zapatos de tacón que llevaba puestos y que la hacían alcanzar un metro setenta y cinco, él era aún unos doce centímetros más alto que ella.

Cuando el señor Tanner la invitó a tomar asiento, ella murmuró y asintió. Necesitaba centrarse y lo sabía, pero le resultaba imposible hacerlo. Todas las células de su cuerpo estaban en estado de alerta. ¿La reconocería a pesar de la elaborada máscara que ella había llevado puesta? Ciertamente, ella sí lo había reconocido a él, aunque aquella noche no había sabido quién era hasta después del beso.

En el momento en el que él había llegado al baile del día de San Valentín de la empresa, su presencia había sido algo casi tangible para ella. Había accedido a la sala en solitario y se había detenido durante un instante en la puerta, su cuerpo ceñido por un traje negro mientras que la capa aleteaba suavemente a su alrededor. Los ojos de Margaret se habían visto inmediatamente atraídos por él. El disfraz del Zorro que él llevaba encajaba perfectamente con el de Dama Española con el que ella iba ataviada. No había tardado mucho en encontrarla y tomarla entre sus brazos para llevarla a la pista de baile. Habían estado bailando juntos hasta la medianoche. Entonces, él la había besado justo cuando empezaba la cuenta atrás para la retirada de caretas. En el momento en el que alguien lo llamó por su nombre y él interrumpió el beso, Margaret se dio cuenta de quién era él exactamente.

El comportamiento de Margaret aquella noche no había sido en absoluto propio de ella. Ni en un millón de años hubiera creído que era capaz de sentir en tan poco tiempo tanto por un hombre al que no había visto hasta aquella noche. Al recordar, sintió que una oleada de calor le recorría el cuerpo, una oleada que se detuvo en seco cuando se dio cuenta de que él esperaba respuesta a algo que, evidentemente, le había dicho.

Margaret se aclaró la garganta con nerviosismo y fijó la mirada en un punto más allá de la cabeza de él.

–Lo siento, ¿me lo podría repetir, por favor?

Él sonrió suavemente, prácticamente sin mover los labios, lo que hizo que la temperatura externa del cuerpo de Margaret subiera otro grado. Aquello era una locura. ¿Cómo iba a poder trabajar para él cuando ni siquiera podía pensar cuando estaba en su presencia? Si no era capaz de cumplir con sus funciones, la echarían en menos de un abrir y cerrar de ojos. Él tenía fama de ser un jefe muy duro. A eso, Margaret podía enfrentarse. Estaba segura de que él no había llegado hasta donde estaba a la edad de treinta y un años sin ese rasgo en su carácter. Las personas centradas no la intimidaban. Al contrario, las admiraba. Sin embargo, en el caso de su jefe tenía que admitir que tal vez lo admiraba demasiado.

–¿Estás nerviosa?

–No, no exactamente. Tal vez algo sorprendida por mi nombramiento. Aunque no me queje.

–Simplemente estaba refiriéndome a los años que llevas trabajando para Industrias Worth. ¿Qué edad tienes? ¿Veintiocho más o menos y ya llevas trabajando ocho años para Worth?

Incluso su voz era una distracción. Masculina y profunda, con una textura que le provocaba un ligero escalofrío de anhelo por la espalda. Y su acento. Mitad neoyorquino mitad neozelandés. La combinación y las inflexiones del tono de su voz le provocaban alocadas sensaciones en lo más profundo de su ser.

–Sí, toda mi familia ha trabajado o trabaja para Worth.

–Ah, sí. Tu hermano. Jason, ¿verdad?

–Sí. Y mis padres también trabajaron aquí antes de morir. Los dos estaban en la fábrica.

–Lo que estás demostrando es una gran lealtad.

Maggie se encogió de hombros.

–En realidad no, en especial cuando Industrias Worth, es decir, Empresas Cameron, es la empresa más importante de Vista del Mar.

Aquel ascenso para convertirse en la asistente

personal del señor Tanner, aunque fuera algo temporal, dado que él sólo estaría en Vista del Mar un tiempo, hasta que completara los estudios de viabilidad financiera de la empresa, era muy inesperado, pero el aumento de sueldo sería muy bien recibido. Pagar los gastos de la educación universitaria de su hermano era un gasto constante para Jason y para ella, un gasto del que estaban deseando deshacerse. A pesar de que Jason llevara trabajando allí dos años y contribuyendo así a los gastos mensuales, que incluían los pagos de la pequeña casita que había sido su hogar desde la infancia, el crédito del colegio era una carga muy pesada sobre sus espaldas. Tal vez pronto, gracias al ascenso de Margaret, se podrían permitir algunos lujos. Dentro de un límite, por supuesto.

–¿Has querido alguna vez trabajar en otro lugar por motivos de trabajo? –le preguntó él mientras se inclinaba sobre el escritorio.

¿Trabajar en otro lugar? Margaret se temía que si le decía la verdad, William Tanner se reiría de ella. Desde que era una niña tenía un mapa del mundo clavado en la pared de su dormitorio. Sobre él, clavaba un alfiler rojo en cada ciudad o país que quería visitar. Por el momento, se contentaba con libros de viaje y DVD, pero un día llevaría a cabo sus sueños.

William Tanner estaba esperando una respuesta, pero, una vez más, ella había dejado que su pensamiento la apartara de la situación en la que se encontraba.

–En estos momentos, viajar no es una de mis prioridades –dijo ella firmemente.

Él le dedicó otra de aquellas sonrisas, un gesto que Margaret sintió que la atravesaba por completo. Sería capaz de viajar a los confines del mundo con él.

–Podrías tener que viajar por el hecho de trabajar conmigo. ¿Crees que eso será un problema?

–No, no. En absoluto. No tengo a nadie que dependa de mí.

A pesar de que aquella afirmación era técnicamente cierta, Jason y ella compartían la casa familiar y resultaba muy difícil romper las costumbres de diez años. Además, ella aún sentía una profunda responsabilidad hacia su hermano pequeño. Él lo había pasado muy mal cuando sus padres murieron. Convertirse en su guía había sido una reacción innata para ella, aunque sabía que, en ocasiones, su hermano se sentía molesto porque ella se interesara tanto por su paradero y sus amigos.

–Me alegra oírlo –replicó él mientras se metía las manos en los bolsillos y se apartaba del escritorio para dirigirse a uno de los enormes ventanales–. Dijiste que te sorprendió que te nombraran para este puesto. ¿Por qué?

–Bueno –respondió ella mientras se mordía el labio un instante–. Tal y como usted dijo, llevo aquí bastante tiempo. Supongo que pensé que nadie me vería capaz de ascender a un puesto como este. Eso no quiere decir que yo no me considere capaz, porque nada podría estar más lejos de la realidad. He trabajado en varios departamentos de esta empresa y creo que mi experiencia me convierte en una empleada valiosa para cualquiera de los ejecutivos.

Él se echó a reír.

–A mí no me tienes que convencer, Margaret. Ya tienes el puesto.

Ella sintió que se sonrojaba. Trató de mantenerse tranquila y centrada a pesar del hecho de que él la había llamado Margaret. Nadie la había llamado así. Desde que era una niña, todos la llamaban Maggie, y a ella no le había importado. Sin embargo, escuchar su nombre completo de los labios de William Tanner hacía que sonara especial, en particular por el modo en el que él lo pronunciaba. Sí. Como ayudante personal del director financiero de Empresas Cameron, la llamarían Margaret. Repasó las sílabas en su pensamiento y sonrió.

–Gracias. Ya lo sé. Sólo quiero que usted sepa que no se arrepentirá de haberme elegido a mí.

–No, no. Ya sé que no me voy a arrepentir –replicó él.

En su despacho temporal, Will miró a la mujer a la que había requerido específicamente. Resultaba casi imposible creer que detrás de aquellas gafas de pasta oscura algo pasadas de moda y de aquel traje tan poco atractivo estuviera la sirena que había turbado sus sueños desde el baile de máscaras. Sin embargo, no había duda de que era ella. A pesar de que llevara el largo cabello negro bien apartado del rostro, recogido de una manera tan apretada que bastaba para darle dolor de cabeza, no se podía negar que la delicada mandíbula y la recta y fina nariz eran las de su Dama Española.

Sintió que se le hacía un nudo en el estómago al pensarlo. Había esperado mucho tiempo para revivir aquel beso. Localizarla no le había resultado fácil, pero la tenacidad había sido siempre una de sus virtudes. Ese rasgo de su personalidad lo había acompañado a lo largo de los años y le había dado la capacidad de tener éxito donde los otros fallaban. Y él tendría éxito con la encantadora señorita Cole. De eso no le cabía la menor duda.

Se había escapado de él la noche del baile, pero no antes de atraerlo de un modo que no había conseguido ninguna otra mujer. Jamás. Él no era la clase de hombre al que se le negaba nada bajo ninguna circunstancia, y mucho menos cuando la reacción que él había tenido había sido un fiel reflejo de la del objeto de sus atenciones.

Y allí estaba. William parpadeó. Resultaba muy difícil creer que las dos eran la misma mujer. Se mostraba inquieta en su silla, lo que le recordó que dependía de él hacer algo sobre el silencio que se extendía entre ellos.

–Háblame de tu trabajo aquí. Por tu expediente, he visto que pasaste algún tiempo en la fábrica antes de empezar a trabajar en las oficinas.

–Sí –respondió ella. Aquellos labios que fingían ser castos se fruncían ligeramente mientras parecía elegir cuidadosamente lo que iba a decir a continuación–. Empecé en la fábrica, pero los turnos me dificultaban mucho poder estar con mi hermano antes y después del colegio. Pedí el traslado a Administración y aprendí lo que sé por haber empezado desde los trabajos más básicos.

–¿Poder estar con tu hermano?

Una nube pareció oscurecerle la mirada de aquellos ojos castaños. Se tomó su tiempo en responder.

–Sí, así es. Nuestros padres murieron cuando yo tenía dieciocho años y, durante los dos primeros años, salimos adelante con un pequeño seguro de vida que mi padre nos dejó. Por supuesto, ese dinero no podría mantenernos para siempre y Jason aún estaba estudiando, por lo que yo tuve que encontrar un trabajo. Industrias Worth era más o menos el único lugar que contrataba en aquellos momentos.

Nada de todo aquello era nuevo para él, pero le gustaba saber que sus fuentes habían sido exactas a la hora de encontrar la información.

–No pudo haber sido fácil para ti.

–No lo fue.

De nuevo, una respuesta cuidadosa. Había respondido, pero sin dar detalles. Evidentemente, a la señorita Cole le gustaba mantener bien ocultas sus cartas contra el pecho... y qué pecho. Ni siquiera el poco favorecedor corte del traje podía ocultar las rotundas curvas de su cuerpo. Para alguien que parecía querer ocultar sus atributos, mantenía una postura perfecta. Era ésta la que confirmaba que su primera impresión sobre ella no había estado en absoluto equivocada. Margaret Cole era una mujer de la cabeza a los pies, con la clase de silueta que habría aparecido pintada en el morro de todos los bombarderos de la historia de la aviación.

Will llevó de nuevo sus pensamientos al asunto que tenía entre manos.

–Veo que llevas cinco años ya en Administración –dijo.

–Sí. Me gustan los números –comentó ella con una sonrisa–. Tienden a tener más sentido que otras cosas.

Él le devolvió la sonrisa. Pensaba exactamente lo mismo. Su hermano mayor, Michael, trabajaba en Recursos Humanos en Nueva York. Los problemas con los que Mike se enfrentaba todos los días le encogían a Will el corazón.

–La mayor parte de lo que vas a hacer conmigo será diferente a los informes y tareas habituales que has estado haciendo aquí.

–Me gustan los desafíos –respondió Margaret.

–Me alegra oírlo. Bien, empecemos con algo en lo que he estado trabajando –dijo él. Tomó la única carpeta que había sobre la mesa–. Échale un vistazo y dime cuáles son tus primeras impresiones.

Margaret aceptó el archivador y lo abrió. Will vio cómo ella arrugaba la frente mientras se concentraba en el informe. Apoyó la cadera sobre el escritorio y la observó. ¿Le dedicaba a todo lo que había en su vida aquella intensa concentración?

Aquella posibilidad resultaba intrigante y atrayente a la vez y ocupaba sus pensamientos mientras ella pasaba metódicamente las páginas.

Debía de tener buena cabeza para las cifras porque cerró el archivador unos diez minutos después y lo miró a los ojos.

–Parece que las cifras no encajan. El margen de error no es grande, pero sí consistente.

Aquella rápida deducción llenó a Will de satisfacción. Bajo aquel horrible atuendo, no sólo era hermosa sino también muy inteligente. Ese conocimiento le hacía desear más aún lo que había programado.

–Bien –replicó Will mientras le quitaba el archivador–. Creo que vamos a trabajar muy bien juntos. Dime, ¿qué recomendarías tú si hubieras descubierto esa anomalía?

–Bueno, probablemente habría recomendado una auditoria más profunda de los libros para ver durante cuánto tiempo lleva produciéndose esto. A continuación, tal vez trataría de ver quién ha estado implicado en las cuentas y quién tiene acceso a los fondos.

Will asintió.

–Eso es exactamente lo que hemos hecho en este caso.

–Entonces, ¿estamos hablando de una investigación en curso?

–Está más o menos todo solucionado, con la excepción de un par de cosas.

–Me alegra saberlo –dijo Margaret–. Resultaba

demasiado fácil para la gente sentirse tentado hoy en día. Con demasiada frecuencia, un poco de responsabilidad pone a una persona en una posición en la que creen que tienen derecho a algo que no es suyo.

–Sí. Bueno, en este caso, estamos seguros de que tenemos al culpable. Se enfrentará con un comité disciplinario esta tarde.

–¿Comité disciplinario? ¿Lo vas a despedir?

–Aún se tiene que decidir si lo despedimos o no. Y este asunto me lleva de nuevo a ti.

–¿A mí? ¿En qué sentido?

Su rostro reflejó una profunda confusión. Durante un instante, Will casi sintió pena por ella. Sabía que lo que tenía que decir a continuación seguramente le haría mucho daño.

–¿Conoces bien los hábitos de trabajo de tu hermano?

–¿De Jason? ¿Por qué?

Maggie comenzó a comprender poco a poco y palideció. Si no hubiera estado ya sentada, sin duda habría tenido que hacerlo en aquel instante.

–¿Jason es la persona a la que estás investigando?

–Así es –respondió Will mirándola fijamente al rostro–. ¿Qué es lo que sabes de lo que ha estado haciendo últimamente?

–¡Nada! ¡No! ¡Él no sería capaz de hacer algo así! Adora su trabajo. No es capaz de hacer algo así.

–¿Significa eso que tú no has tenido nada que ver con esto?

–¿Yo? ¡No, por supuesto que no! ¿Cómo puede usted pensar algo así?

Will se encogió de hombros.

–Cosas más raras han ocurrido y ya sabes lo que se dice. «La sangre es más espesa que el agua».

Un hecho que Will conocía demasiado bien. Era exactamente lo que lo había colocado a él en aquella situación con Margaret Cole. En vez de tomarse su tiempo en perseguirla y cazarla para que las cosas llegaran a su conclusión natural, los deseos de su padre le estaban obligando a acelerar un poco las cosas. Si Will no mostraba inclinación alguna de sentar pronto la cabeza, su padre vendería la granja de ovejas que la familia tenía en Nueva Zelanda en vez de cedérsela a Will, tal y como se supone que debería haber hecho un año atrás, cuando Will cumplió los treinta años.

Cada uno de los Tanner había recibido una importante cantidad de dinero al cumplir los treinta años, pero Will había dicho que, en vez de dinero, él prefería la granja. Su padre había estado de acuerdo, pero dicha concesión parecía verse acompañada de una serie de condiciones que Will no estaba dispuesto a asumir. Al menos, no de verdad.

No era que quisiera o necesitara la tierra. Dios sabía que tenía muy poco tiempo de viajar a su país natal, pero la granja era una parte vital de la familia y no podría soportar ver cómo se dividía en pequeñas parcelas o, peor aun, contemplar cómo caía en manos de una multinacional extranjera. Sólo pensar que su padre pudiera deshacerse tan fácilmente de algo que formaba una parte tan fundamental de sus vidas no le hacía ninguna gracia. El hecho de que Albert Tanner estuviera utilizando la granja como moneda de cambio demostraba lo decidido que estaba de ver cómo su hijo menor sentaba la cabeza.

Además, por encima de todo lo demás, lo que le escocía era saber que su padre se sentía profundamente desilusionado con él. Eso y el hecho de que sus padres y sus hermanos no parecían comprender que, aunque el amor y el matrimonio eran fundamentales para ellos, no lo eran para él. Ni en aquellos momentos ni tal vez nunca.

–Tal vez la sangre sea más espesa que el agua, pero no voy a aceptar algo así. Jason no puede estar detrás de este asunto. Además, él ocupa un puesto de muy poca responsabilidad en el departamento de Contabilidad y no tendría acceso suficiente para poder hacer algo así.

Will tenía que admirar la lealtad que demostraba para su hermano. Sus pesquisas lo habían llevado a averiguar que Jason no tenía un pasado muy limpio desde su adolescencia. A pesar de que los registros habían sido sellados por los tribunales por la edad que tenía el muchacho en aquellos momentos, el dinero era una manera muy conveniente de conseguir la verdad. La mala costumbre que Jason Cole tenía de realizar pequeños robos en su adolescencia podría haberse hecho más ambiciosa a lo largo de los años hasta convertirse en algo más. Sin embargo, a pesar de todo, Margaret seguía creyendo que él no tenía nada que ver. A Will no le gustaba hacer pedazos sus ilusiones, pero era la verdad, estaba allí, en aquel informe. Los números no mentían.

–Pero tú sí, ¿verdad?

–Para esta clase de cosas no y, aunque así fuera, yo jamás compartiría esa información con nadie. Ni siquiera con mi hermano.

Margaret estaba tan indignada que Will sintió la tentación de decirle que la creía, pero cualquier paso atrás por su parte podría quitarle la fuerza que necesitaba en aquellos momentos.

–Me alegra mucho oír eso, pero eso no quita nada del hecho de que tu hermano está implicado sin duda alguna. Sin embargo, existe una posibilidad de evitar que se le acuse de esto.

–¿Una posibilidad? ¿Qué posibilidad?

Will respiró profundamente. Aquello tenía que salir bien, por lo que necesitaba elegir muy bien sus palabras.

–Tengo una proposición que podría proteger a tu hermano aquí y asegurarse que no se sepa nada de lo que ha estado haciendo y de evitar que todo quede permanentemente grabado en su expediente, lo que le beneficiaría en el caso de que quisiera marcharse a trabajar a otra empresa

Will vio que los ojos de Maggie se llenaban de esperanza y de repente sintió profundamente tener que manipularla así, un sentimiento que aplastó inmediatamente.

–¿De qué se trata? ¿Qué es lo que tenemos que

hacer? Estamos dispuestos a lo que sea para proteger el puesto de Jason aquí.

–No se trata de lo que los dos podáis hacer, aunque ciertamente él tendrá que trabajar más limpiamente a partir de ahora, sino más bien de lo que puedes hacer tú.

–¿Yo? No lo comprendo.

–Tu nombramiento como asistente personal mía tiene dos facetas. Por un lado, necesito a alguien con tus conocimientos y tu experiencia para que sea mi mano derecha mientras esté aquí. Por otro lado –añadió tras una pequeña pausa–, necesito que alguien, tú más concretamente, se haga pasar como mi prometida.

–¿Su qué? –exclamó ella. Se puso de pie inmediatamente con la sorpresa reflejada en sus expresivos rasgos.

–Ya me has oído.

–¿Su prometida? ¿Está loco? Eso es ridículo. Ni siquiera nos conocemos.

–Ah, bueno, yo diría que sí...

Will atravesó el despacho inmediatamente y se colocó delante de ella. El ligero perfume que ella llevaba, floral e inocente, completamente opuesto a la sensual criatura que él sabía que vivía bajo aquella mojigata apariencia, flotaba en el ambiente entre ellos. Will levantó la mano y trazó lentamente la atractiva línea del labio inferior.

–Deja que te lo recuerde...

No le dio más que un segundo para reaccionar. Recorrió la pequeña distancia que separaba sus labios de los de ella. En el instante en el que tocó su boca, supo que había estado en lo cierto a la hora de tomar aquel camino. Una poderosa excitación se adueñó de él cuando los labios de Margaret se abrieron bajo la presión de los suyos. El sabor de la boca de Margaret invadió sus sentidos y se adueñó de él. Tuvo que controlarse para no llevarle las manos al cabello y soltárselo de aquel horripilante recogido para poder recorrer su sedosa longitud con los dedos.

La razón salió victoriosa. Apartó los labios de los de ella con una fuerza que lo sorprendió incluso a él.

–¿Ves? Claro que nos conocemos y creo que podríamos resultar... bastante convincentes juntos.

Margaret dio unos pasos atrás para alejarse de él. Temblaba de la cabeza a los pies. ¿Deseo? ¿Miedo? Tal vez una combinación de ambos.

–No. No lo haré. Está mal –afirmó ella sacudiendo la cabeza con vehemencia.

–En ese caso, no me dejas elección.

–¿Elección? ¿Para qué?

–Para asegurarme de que se recomienda que se presenten cargos formalmente contra tu hermano.

Capítulo Dos

–¡Eso es chantaje!

El corazón comenzó a latirle con fuerza en el pecho cuando comprendió la finalidad de las palabras de William Tanner. No podía estar hablando en serio…

–Yo preferiría llamarlo base para la negociación –dijo él con voz suave, como si tuviera aquella conversación todos los días.

¿Quién sabía? Tal vez era así. Lo único que Maggie sabía era que su ordenado mundo acababa de ponerse patas arriba. Jason llevaba años por el buen camino. Los problemas en los que se había metido en su adolescencia habían quedado completamente olvidados. No podía haber sido tan estúpido como para meterle mano al dinero de la empresa.

Margaret se dispuso a atacar.

–Está loco. ¡No me puede hacer esto! ¡No nos puede hacer esto!

–Si con lo de «nos» te estás refiriendo a tu hermano y a ti, puedes estar tranquila. Puedo y voy a hacerlo. Margaret, tu hermano corrió un gran riesgos cuando comenzó a jugar en la liga de los mayores. La malversación de fondos no queda bien en ningún currículum. Por supuesto, esto es sólo un comienzo, pero ¿quién puede predecir que no se habría hecho más osado si no nos hubiéramos dado cuenta en la auditoria?

Maggie observó a William horrorizada. Procesó sus palabras tan rápidamente como procesaba la información del maldito informe sobre las actividades de su hermano. Tanto si Jason era culpable como si no, resultaba dudoso que pudiera escapar de aquello completamente indemne. El último juez ante el que había tenido que presentarse en los tribunales le había dejado muy claro que le daba una última oportunidad de enmendar sus actos y él lo había hecho. Maggie no quería ni pensar lo que podría ocurrir si su hermano volvía a presentarse ante un tribunal.

Si lo que William decía era cierto, lo mejor era que le hubieran pillado, pero, en lo más profundo de su corazón, Maggie no quería creer ni una sola palabra.

–Él no... Me prometió...

Se interrumpió antes de darle al señor Tanner más municiones contra su hermano.

–Margaret, te ruego que te sientes. Evidentemente, esta noticia te ha sorprendido mucho. ¿Cómo no iba a ser así? Según tengo entendido, luchaste mucho para que a tu hermano se le diera el puesto que ocupa en estos momentos.

La sugerencia de su voz dejó huella. William Tanner ya había insinuado que a ella se le podría vincular con la actividad fraudulenta. A pesar de que sabía que era inocente, Maggie sabía que el barro no se quita sin dejar huella. No podría seguir trabajando allí mucho tiempo si se sospechaba que ella estaba implicada, en especial con la reestructuración de la empresa, que se suponía que iba a ocurrir muy pronto. La absorción de Industrias Worth por parte de Empresas Cameron había provocado que todo el mundo se sintiera muy temeroso con respecto a su puesto de trabajo. Aún no se conocían los planes de Rafe Cameron para la empresa. Todos los días surgían rumores sobre la posibilidad de que la fábrica se trasladara a México o, peor aún, que toda la empresa se mudara más cerca de la base de Cameron en Nueva York, lo que supondría la pérdida de casi todos los puestos de trabajo. Ya habían rodado las cabezas de siete ejecutivos para dejar paso a personas de confianza de Cameron en sus puestos. William Tanner era uno de ellos.

Margaret sintió que un escalofrío le recorría la espalda. Tragó saliva para no pronunciar las palabras que tanto ansiaba decir. Las palabras que le dirían exactamente a William Tanner qué terreno pisaba ella exactamente en términos de sinceridad y lealtad. El sentido común se lo impidió. Efectivamente, habían pasado seis años desde el último encontronazo que Jason había tenido con la ley. Ella había perdido la cuenta del número de ocasiones que la habían llamado de la comisaría para que fuera a recogerlo después de que lo arrestaran por una cosa u otra en los dos años posteriores a la muerte de sus padres. Sin embargo, después los problemas habían empezado a empeorar, tanto que el agente García ya no podía dejar que Jason se marchara tras un buen sermón y la promesa de peores consecuencias.

La primera y la última vez que Jason fue encarcelado tenía dieciocho años. La experiencia de ser acusado como un adulto, con lo que esto suponía a largo plazo, le había hecho por fin abrir los ojos ante su comportamiento. Le había prometido a Maggie que aquella sería la última vez y que había aprendido la lección. Incluso juró sobre las tumbas de sus padres que no se volvería a meter en líos en toda su vida. Maggie lo había creído, de tal manera que había ampliado la hipoteca sobre la casa en la que habían crecido para poder tomar prestado el dinero necesario para enviarlo a la universidad de otro estado. Allí, Jason podría volver a empezar. Allí, podría convertirse en el hombre en el que sus padres y ella siempre habían creído que se convertiría.

¿Era posible que hubiera arrojado todo aquello por la borda?

–Mira –dijo William interrumpiendo los pensamientos de Margaret–, tal y como yo lo veo, nos estamos haciendo mutuamente un favor.

–¿Un favor? –replicó ella.

¿Qué clase de favor podía hacer que ella perdiera todo lo que le importaba? Había luchado mucho tiempo por mantener su dignidad a través de años de adversidad y falta de reconocimiento.

Siempre había aspirado a más, pero parecía que todo lo que siempre había hecho no le había servido de nada.

–A cambio de hacer esto por mí, y créeme si te digo que serás muy bien recompensada, me aseguraré de que tu hermano no reciba más que una reprimenda. Evidentemente, estará sometido a estricta vigilancia, pero si no se vuelve a meter en líos, esta trasgresión se borrará de su expediente y, una vez más, no constará nada de lo que ha hecho.

–¿Y si no lo hago?

–Los dos seréis sacados inmediatamente de estas instalaciones y me imagino que la policía os estará esperando en la puerta principal. Seguramente se tardará un tiempo en ir a juicio, pero te aseguro que, cuando este llegara, no habría posibilidad alguna de que Jason no fuera declarado culpable.

La voz de William Tanner era insistente. Cada una de sus palabras constituía un clavo de acero en el ataúd de lo que habían sido sus sueños.

–¿Cuánto tiempo? –preguntó.

–¿Cuánto tiempo qué?

–¿Cuánto tiempo tendría que fingir?

Inyectó suficiente desprecio en su voz para conseguir que los ojos de William se entornaran mientras consideraba su respuesta.

–No creas que esto sería como un paseo por el parque, Margaret. Si aceptas esto, tendrás que ser convincente en tu papel. Mi padre me ha presionado para que siga los pasos de mis hermanos y encuentre una buena mujer con la que sentar la cabeza. En estos momentos de mi carrera, eso es lo último que me preocupa. Para presionarme, me está negando algo que me pertenece por derecho y esta situación está apenando profundamente a mi madre. Necesitaría que tú fueras mi prometida hasta que yo me asegure la titularidad de una finca en Nueva Zelanda. Básicamente, hasta que mi familia se vuelva a calmar y a comportarse racionalmente.

–Entonces, ¿no hay fecha concreta?

Sentía que las paredes del despacho comenzaban a aprisionarla. El hecho de aquella proposición y la continua amenaza sobre Jason sería una pesadilla para ella, una pesadilla de la que temería no despertar. Aquella mañana el día había comenzado prometedoramente con su nombramiento oficial como asistente personal de Tanner. Para Margaret, aquel nombramiento había supuesto el despegue hacia arriba, por lo que había estado todo el día deseando presentarse ante él en su despacho. Qué equivocada había estado.

–Evidentemente, no será para siempre. No es como si nos fuéramos a casar.

William pronunció las palabras como si la perspectiva del matrimonio fuera algo completamente repulsivo para él.

–A ver si lo entiendo. Quiere que yo finja ser su prometida durante un periodo indeterminado de tiempo, a cambio de lo cual usted me recompensará y se asegurará de que Jason no pierde su trabajo.

–Que Jason no pierde su trabajo por este incidente en cuestión. Si volviera a hacer algo similar e intentara algo más, ya no habría segundas oportunidades.

«Ya no habría segundas oportunidades». Aquellas eran las palabras que el juez había pronunciado cuando llevaron a Jason al tribunal. Margaret no había estado nunca segura de si habían sido las palabras o el hecho de pasar una noche en la prisión del condado lo que había sido el catalizador que su hermano había necesitado para romper por fin con la gente con la que se había estado juntando. En su momento no le había importado mucho. Lo único que le había preocupado era enmendar a su hermano. Le había costado mucho más que dinero, por lo que no estaba dispuesta a ponerlo todo en peligro en aquellos momentos.

Sabía que no estaba en situación de discutir, pero jamás hubiera imaginado que se vería obligada a algo así. No era suficiente que aquel hombre se hubiera infiltrado en sus pensamientos y fantasías más íntimos durante las seis últimas semanas, desde el baile del día de San Valentín. A partir de aquel momento, controlaría sus días.

–¿Por qué? ¿Por qué yo? –susurró ella.

Will extendió un dedo para trazarle los labios.

–Porque me intrigas, Margaret Cole. Me intrigas mucho.

A pesar de la desolación en la que se encontraba, Maggie reaccionó ante aquella caricia como si hubiera sido un relámpago. Separó los labios para contener la respiración y sintió hasta lo más profundo de su ser la quemazón del deseo.

–Margaret –prosiguió él–, si de verdad crees que tu hermano es inocente de todo esto, debes permitir que él lo demuestre. Y no lo podrá hacer si se le suspende y queda pendiente de investigación, ¿verdad?

La sangre le zumbaba en los oídos y ahogaba prácticamente las palabras de él. Sintió que la ansiedad le provocaba un nudo en el pecho. ¿Qué elección tenía? En su corazón, sabía que Jason no podía haber hecho lo que William Tanner sugería, pero las pruebas decían todo lo contrario. Le debía la oportunidad de demostrar su inocencia. Si no accedía a las demandas del señor Tanner, todos los duros años de trabajo que había invertido en Jason, todos los esfuerzos que él había hecho para salir adelante y hacer algo con su vida serían en vano.

Respiró profundamente.

–Lo haré –susurró. Se puso de pie y levantó la cabeza para mirar a William Tanner a los ojos–. Lo haré –repitió, con más fuerza aquella vez.

Will casi no podía contener la excitación que se le fue extendiendo por todo el cuerpo. Margaret había accedido. Durante unos instantes había creído que ella iba a negarse, que dejaría abandonado a su hermano sin importarle las consecuencias. Debería haberse imaginado que no sería así. Según había averiguado en sus investigaciones, Margaret Cole era una mujer muy leal. Todo el mundo hablaba muy bien de ella. Por mucho que se había esforzado, no había podido desenterrar nada en contra de su escurridiza Dama Española, a excepción de lo que su hermano le había entregado en bandeja de plata.

Y por fin era suya. Completamente suya.

–Me alegra oírlo –dijo él con una sonrisa–. Ahora, creo que será mejor si te marchas a casa. Te daré instrucciones por la mañana.

–¿Instrucciones?

–En lo referente a tus nuevos deberes, por supuesto. No has sido antes asistente personal de nadie, por lo que no espero que te acoples inmediatamente a tu papel. Además, por supuesto, tendremos que hablar también de tus obligaciones añadidas.

Un escalofrío le recorrió el cuerpo a Margaret. ¿Repulsión? William lo dudaba por el modo en el que ella había reaccionado durante el breve beso que de hacía unos minutos y por el fuego que se le había reflejado en los ojos cuando él le trazó el labio inferior con el dedo. Con una respuesta tan instintiva, tan sincera, sabía que las próximas semanas serían sin duda tan placenteras como había imaginado desde el momento en el que la vio.

Dio un paso hacia ella y trató de controlar la desilusión que sintió cuando vio que ella se apartaba. Sabía que ella se mostraría esquiva. ¿Qué mujer no lo sería dadas las circunstancias? Sin embargo, la tenía exactamente donde la necesitaba y ella no podía salir huyendo.

–No creo que necesite recordarte que este asunto es completamente confidencial. Por supuesto, habrá preguntas cuando se filtre nuestro compromiso, pero espero que podamos mantenerlas bajo control si nuestras versiones coinciden.

–Jason y yo vivimos juntos. Al menos a él tengo que decírselo.

–Preferiría que no lo hicieras. Evidentemente, no puedo evitar que los dos habléis de las acusaciones que hay en contra de él, pero cuantas más personas sepan que nuestro compromiso es mentira, más probable será que termine descubriéndose.

–¿Acaso no lo comprendes? Jason y yo vivimos juntos. No puedo ocultarle la verdad a él.

–Entonces, tendrás que convencerle de que haces esto por amor.

–Créeme si te digo que no tendrá ningún problema con eso. Sabe que lo quiero mucho.

–No. A él, no. A mí.

Margaret soltó una carcajada que lo sorprendió. Por muy agradable que era el sonido, la razón distaba mucho de serlo. Will se puso a la defensiva.

–¿Tan difícil resulta creerlo? –le espetó él–. ¿No crees que podrás actuar con credibilidad?

–No, no. Me estás malinterpretando. No me conoces o si no jamás me habrías sugerido que podríamos fingir nuestro compromiso. Yo no salgo, no….

Ella dudó un instante.

–¿Decías que… ?

Margaret levantó las manos y se señaló a sí misma.

–Bueno, mírame. Yo no soy la clase de mujer con la que tú saldrías en circunstancias normales,

¿verdad? No me muevo en tus círculos. Yo... yo soy yo –concluyó mientras se encogía dramáticamente de hombros.

–¿Quieres ver lo que veo yo cuando te miro, Margaret?

Will mantuvo la voz muy baja.

–Veo a una mujer que esconde su verdadero yo al mundo entero. Alguien que tiene una profunda belleza interior que encaja perfectamente con la exterior. Alguien que sería capaz de sacrificar su felicidad por la de un ser querido. Veo a una mujer que no se da cuenta de hasta dónde llega su potencial. Y veo a una mujer a la que estoy deseando conocer íntimamente...

El rubor que cubrió la garganta y las mejillas de Margaret resultaba tan intrigante como atractivo. ¿De verdad era tan inocente que se sonrojaba por aquella sugerencia? No habría pensando que aquel falso compromiso iba a ser puramente una apariencia, ¿verdad? Tenía que haber algún beneficio... para ambos.

–¿También me vas a obligar a acostarme contigo? –preguntó ella con la voz ligeramente temblorosa.

–No, no –respondió William–. Te aseguro que no voy a obligarte a nada.

Margaret aún seguía temblando cuando llegó al lugar en el que estaba aparcado su vehículo. Metió la llave en la cerradura y le dio el acostumbrado meneo antes de abrirla. Entonces, se montó en el vehículo y colocó la llave en el contacto. Desde que le robaron el coche hacía un año, la llave no encajaba bien con la cerradura de la puerta y con el contacto. Había tenido suerte de que, cuando recuperaron el coche a pocos kilómetros de su casa, aún se podía conducir. Uno de los amigos de Jason, que era mecánico, le había hecho las reparaciones necesarias a bajo precio, aunque el coche no había sido el mismo desde entonces. Estaba segura de que algún día la dejaría tirada, pero esperaba que aún quedara mucho para eso.

Descansó la cabeza en el volante. El coche no era lo único que ya no era lo mismo. ¿Cómo podía mirar a Jason sin preocuparse sobre si volvería a meterse en líos? A pesar de lo que hubiera ordenado William Tanner, le diría a Jason la verdad de lo que habían acordado. Por supuesto, siempre que guardara silencio al respecto.

No estaba deseando ver cómo estaría su hermano cuando regresara a casa después de enfrentarse al comité disciplinario, pero sabía que no se alegraría de su «compromiso». Suspiró, se irguió, arrancó el coche y se dirigió a su casa. Podría encontrar allí algunas respuestas o al menos consuelo al estar rodeada de las cosas de sus padres.

La pena la atravesó con un agudo y profundo dolor. Habían pasado diez años del accidente que se había llevado a sus padres y aún le dolía tanto como cuando la policía se había presentado en su casa para darles la noticia. Se preguntó dónde estarían en aquellos momentos si sus padres no hubieran muerto aquel día.

Sacudió la cabeza. No había razón para vivir en el pasado. El presente era lo que importaba. Hacer que todos los días fueran importantes. Cumplir con las obligaciones que había adquirido cuando tomó la decisión de no ir a la universidad y centrarse en criar a Jason sola. A los dieciocho años, y cuando él tenía catorce, había sido una decisión monumental, una decisión que había cuestionado cada vez que tenía un problema. Sin embargo, los Cole jamás se habían echado atrás. Se apoyaban unos a otros en lo bueno y en lo malo. Costara lo que costara.

Cuando Jason llegó a casa, una hora más tarde de lo habitual, Margaret estaba de los nervios. El sonido de la llave en la cerradura y el portazo no auguraba que pudieran tener una discusión racional.

–¿Te encuentras bien? –le preguntó cuando él entró en la cocina, donde ella estaba calentando las albóndigas y la salsa boloñesa de la noche anterior.

–Es increíble –respondió él–. Se me ha acusado de robar, pero no lo suficiente como para que me vayan a echar. Estoy sometido a una especie de vigilancia por parte del gran hermano.

–Lo sé –dijo ella tratando de mantener la voz tranquila.

–¿Que lo sabes? ¿Y no se te ocurrió decirme nada? ¿Advertirme en modo alguno?

–No pude hacerlo. Me lo dijeron justo antes de que tú te reunieras con el comité disciplinario.

Jason se sacó el teléfono móvil del bolsillo y lo agitó delante de la cara de Margaret.

–Me podrías haber enviado un mensaje.

–No tuve oportunidad. En serio. Tienes que creerme. Lo habría hecho si hubiera podido.

Jason se sentó en uno de los taburetes de la cocina. El viejo asiento de madera crujió a modo de protesta cuando él se reclinó hacia atrás y se mesó el cabello con la mano. Los ojos de Maggie se llenaron de lágrimas. En momentos como aquel, Jason le recordaba a su padre cuando era más joven. Lleno de inteligencia, energía y pasión. Mal encauzados.

Se agachó a su lado.

–Dime, ¿qué te dijeron?

Jason miró al techo y lanzó una maldición.

–Ya sabes lo que me dijeron. Me acusan de robar dinero, pero no tienen pruebas de que fuera yo. Cualquiera hubiera podido hacer que ese rastro fuera en la dirección de otra persona. Me han tendido una trampa. Yo no haría algo así.

Margaret sintió que se le hacía un nudo en el estómago al escuchar la voz de su hermano. Ella lo creía.

–¿Lo hiciste, Jason? ¿Lo hiciste tú?

Jason se puso de pie de un salto.

–No me puedo creer que tú me hagas una pregunta así. Te prometí que me mantendría limpio después de la última vez y así ha sido.

–El señor Tanner me mostró las pruebas, Jason. Me dijo que todo te señalaba a ti.

Se sentía como si se estuviera ahogando. Quería creer a Jason, pero William Tanner había resultado muy convincente, tanto que ella había accedido a participar en su charada para salvar el trabajo de Jason.

–Entonces, ¿prefieres creerlo a él que a mí? ¿Es eso? ¿Sigues tan ciega por aquel beso del baile que ni siquiera quieres creer a tu propio hermano?

–Jason, ese comentario está injustificado –replicó ella, pero no pudo evitar que la traición le sonrojara las mejillas.

Su hermano le había gastado bromas sin piedad sobre el beso del que había sido testigo en el baile, hasta que se había enterado exactamente de quién había sido el hombre que ella había besado. William Tanner era un hombre al que debía temerse. Nadie sabía cuál sería su recomendación para la ya extinta Industrias Worth y los rumores apuntaban a que el negocio se daría por concluido allí en Vista del Mar.

–No me lo puedo creer –dijo él, mirándola tan fijamente como si le hubieran salido dos cabezas–. Aunque me ha acusado de ser deshonesto, sigues estando loca por él, ¿verdad?

–Esto no tiene nada que ver conmigo –replicó ella tratando de volver al tema de conversación–, sino contigo. Te he hecho una pregunta muy sencilla, Jason. ¿Lo hiciste tú?

–Ahora no importa lo que yo te diga –susurró él

tristemente–. No me vas a creer, ¿verdad? Yo jamás seré lo suficientemente bueno, jamás podré demostrarte de nuevo que soy digno de confianza. No me esperes levantada. Voy a salir.

–Jason, no te vayas, te lo ruego…

Sin embargo, la única respuesta de su hermano fue el portazo de la puerta principal a sus espaldas. Inmediatamente después, se escuchó el rugido de la motocicleta mientras se marchaba por la calle. Margaret se llevó una temblorosa mano a los ojos y se secó las lágrimas que comenzaron a caerle por las mejillas.

Si Jason era culpable de lo que Tanner lo había acusado, ella haría todo lo que pudiera para proteger a su hermano, tal y como había hecho siempre. Pero si era inocente, ¿en qué diablos se había metido ella?

Capítulo Tres

Cuando llegó la mañana, Maggie estaba más que preocupada. Jason no había ido a casa en toda la noche. A las cuatro de la mañana había perdido toda esperanza de conciliar el sueño y había hecho lo que siempre hacía cuando estaba estresada: limpiar. Cuando llegaron las siete y media, el cuarto de baño relucía, la cocina brillaba y todas las superficies de madera de la casa lanzaban destellos producto de la crema limpia muebles con olor a limón que su madre había utilizado siempre.

El aroma era, a su modo, un pequeño consuelo para ella. Se quitó los guantes y se dirigió con gesto agotado a la cocina para preparar café. Casi podía sentir la tranquilizadora presencia de su madre a su lado.

El rugido de la moto de Jason frente a la casa la hizo salir volando hacia la puerta. La abrió de par en par y luego se quedó completamente inmóvil en el umbral. No sabía si él agradecería el alivio que sentía al verlo llegar a casa sano y salvo.

Jason se dirigió lentamente hacia la puerta. Tenía el rostro agotado.

–Lo siento, Maggie –dijo él mientras la tomaba entre sus brazos y la estrechaba entre ellos con fuerza–. Estaba tan enojado que tuve que pone espacio entre esta casa y yo, ¿sabes?

Ella asintió. Le resultaba imposible hablar con el nudo que tenía en la garganta. Él estaba en casa. Aquello era lo único que importaba. Lo condujo al interior de la casa y lo hizo sentarse en uno de los taburetes de la cocina. Entonces, se puso a hacer el desayuno. Mientras rompía los huevos en la sartén, él comenzó a hablar.

–Al menos, aún tengo trabajo.

–Así es –replicó Maggie. Se dio cuenta de que Jason aún desconocía su noticia. No se pondría muy contento cuando lo supiera. Respiró profundamente–. Hablando de trabajo…

–¿Qué? –preguntó Jason inmediatamente, captando la intranquilidad de su hermana.

–Ayer me ascendieron…

–¿De verdad? Eso es genial –dijo él. Aunque dijo esas palabras, la falta de entusiasmo de su voz lo decía todo–. ¡Qué ironía! El mismo día que a mí me amonestan por escrito, a ti te ascienden. ¿Cuál es tu nuevo puesto?

–Se me ha ofrecido un puesto de asistente personal. Por ahora es algo temporal, pero espero que conduzca a cosas mejores en el futuro.

–Genial, Maggie. ¿De quién eres asistente personal?

Se puso tensa. A su hermano no le iba a gustar aquel detalle.

–William Tanner.

–Me estás tomando el pelo, ¿verdad? ¿De ese ser

insufrible? Él era quien estaba a cargo del comité ayer. No lo has aceptado, ¿verdad? –dijo. Entonces, lo comprendió todo–. Sí lo has aceptado. Así fue como te enteraste de lo que me pasaba a mí.

–Tenía que hacerlo, Jason. No me dejó opción alguna.

–¿Cómo? ¿Te obligó a aceptar un ascenso? Deberías haberle dicho que se lo metiera por donde le cupiera –replicó Jason. Hizo un sonido de asco y sacudió la cabeza.

–Jason, te iba a mandar a la policía.

–Pero si te he dicho que yo no he hecho nada.

–Todas las pruebas te señalan a ti, Jason. A menos que puedas demostrar lo contrario, él sujeta todos los hilos, incluso los míos –suspiró Maggie mientras revolvía el cabello de su hermano–. No está tan mal. Tengo un aumento.

Prefirió no contarle el resto de las exigencias del señor Tanner.

–A pesar de todo, no me gusta. No confío en ese tipo –gruñó Jason mientras apartaba suavemente la mano de su hermana–. Espero que no hayas accedido a trabajar para él para que yo mantuviera mi trabajo.

Maggie no respondió. Entonces, oyó el sonido de exasperación de su hermano.

–Lo has hecho, ¿verdad? ¿Cómo has podido acceder a algo así?

–Aún hay más –afirmó Margaret.

–Claro que hay más. Con los hombres como él siempre hay más. ¿De qué se trata? ¿Acaso quiere retomar lo vuestro donde lo dejasteis allí por el mes de febrero? ¿Es eso?

–Algo por el estilo. No se lo puedes decir a nadie, Jason. Prométeme que no le vas a decir ni una palabra de esto a nadie.

–Sí, claro. Voy a gritar por los tejados que mi hermana se está acostando con su jefe para salvar mi trabajo.

–¡No me estoy acostando con él! ¿Puedo recordarte que tengo que darte a ti las gracias por ponerme en esta situación? Me ha pedido que me haga pasar por su prometida, sólo durante un breve periodo de tiempo mientras que él soluciona un asunto.

–¿Su qué?

Maggie no tuvo que dar más explicaciones por la oportuna interrupción del teléfono. Levantó el auricular y se lo colocó entre el hombro y la oreja mientras servía los huevos revueltos de Jason.

–Margaret, soy William Tanner.

Habría reconocido aquella voz en cualquier parte. El vello de los brazos y de la nuca se le puso de punta por la excitación. Todo su cuerpo se tensó como respuesta.

–Buenos días –replicó ella tan fríamente como pudo. Colocó el plato sobre la mesa delante de Jason antes de retirarse al salón.

–Mira, sé que es muy temprano, pero quería hablar contigo antes de que fueras al despacho y así ahorrarte el viaje.

–¿Ahorrarme el viaje?

¿Acaso ya no quería que trabajara para él? ¿Significaba que iban a despedir a Jason de todas maneras?

–Necesito que te reúnas conmigo en el club de tenis de Vista del Mar. Daré aviso en recepción de que te estoy esperando. ¿Cuánto vas a tardar en llegar?

Maggie sabía que el equipo de ejecutivos de Rafe Cameron que estaban trabajando en la absorción se alojaba en el club. Su amiga Sarah Richards trabajaba en el restaurante y se lo había comentado. Maggie miró el reloj que le habían regalado a su padre por treinta años de servicio en Industrias Worth. Si se daba prisa, podía llegar allí a las ocho y media, dependiendo del tráfico.

–Podría estar allí sobre las ocho y media –dijo mientras catalogaba mentalmente su guardarropa y decidía qué se iba a poner aquel día.

–A ver si puede ser antes.

Antes de que ella pudiera responder, se dio cuenta de que William ya había colgado.

–Claro, jefe. Lo que usted diga –replicó mientras apretaba el botón de desconexión y regresaba a la cocina.

–¿Algún problema? –preguntó Jason.

–No. Sólo tengo que reunirme con el señor Tanner en el club esta mañana.

–Tal vez quiera probarte antes de que empieces a trabajar para él –comentó con voz desagradable.

Maggie permaneció en silencio. No sabía para qué la quería. Podría ser cualquier cosa, pero, sorprendentemente, no tenía miedo sino más bien anticipación. Refrenó aquel sentimiento antes de que pudiera echar alas. Tenía que recordar que no podía elegir. William Tanner la tenía entre la espada y la pared. Lo que ella quisiera no significaba nada más allá de mantener a Jason fuera de prisión.

Will se estiró la corbata antes de mirar el Rolex. Llegaba tarde. No eran ciertamente los mejores augurios para su primer día de trabajo juntos. Cruzó el salón de la suite con vistas al mar que era temporalmente su hogar y esperó en la terraza contemplando el Pacífico. Las olas se estrellaban contra la arena con una fuerza constante, golpeándola antes de retirarse y volver a empezar. Sonrió. Incluso allí se acordaba de su familia. No se rendían nunca, pero tendrían que dar un paso atrás cuando se enteraran de lo de Margaret. No debían enterarse demasiado pronto. Si presentaba una prometida a menos de un mes de su última discusión con su padre, el asunto parecería sospechoso.

Un tímido golpe en la puerta llamó su atención. Por fin había llegado. Abrió la puerta para dejarla pasar.

–¿Mucho tráfico? –le preguntó mientras entraba.

–Siento llegar tarde. Sí. Unos albañiles se toparon con una tubería general de agua justo después de que usted me llamara. Salir de la calle fue un caos.

Parecía arrebolada, aunque para ser alguien que

seguramente se había quedado sin ducharse por las prisas, seguía mostrándose de un modo competente. Competente era el modo más amable de describir el traje beis sin forma que llevaba puesto aquel día. Trató de contener una sonrisa.

–¿Ocurre algo? –le preguntó ella.

–No, al menos nada que no se pueda rectificar –respondió él.

¿Por qué se vestía con unas prendas tan feas? Había visto su maravillosa figura con el vestido que había llevado puesto en el baile de disfraces, había sentido la rotundidad de sus curvas cuando la besó. Incluso en aquellos momentos las manos se le morían de ganas por apartar la tela de la chaqueta para darle forma con sus propios dedos.

–¿Qué te gustaría que hiciera hoy?–preguntó ella.

Estaba recta y muy alta con sus zapatos esperando sus órdenes. Will jugó con la idea de lo que ocurriría si él le pidiera que se quitara la ropa y la quemara, pero la descartó.

–Como mi asistente personal y mi prometida, se esperarán ciertas cosas de ti.

Ella palideció.

–Expectativas. De acuerdo. Tal vez sea mejor que hablemos de eso ahora. Creo que debería saber que hay ciertas cosas que no estoy dispuesta a hacer –añadió levantando la barbilla con gesto desafiante.

–Estoy seguro de ello –respondió él–, pero espero que esas cosas no incluyan ir de compras.

–¿Ir de compras? ¿Para usted?

–No. Para ti. Estoy seguro de que lo que llevas puesto era perfecto para tu antiguo puesto, pero yo espero un poco más de mis empleados más cercanos. Además, como mi prometida, la gente terminará hablando si sigues vestida con… con eso –añadió mientras la señalaba de la cabeza a los pies.

Maggie se tensó al escuchar aquellas palabras.

–Tengo que tener mucho cuidado con mi presupuesto, señor Tanner. Intento comprarme prendas que no se pasen de moda.

–No espero que pagues esas nuevas prendas, Margaret. Considéralas un beneficio de tu nuevo puesto. Una asesora de imagen va a venir a reunirse con nosotros en breve. Se llama Paige Adams. Tal vez hayas oído hablar de ella. Nos sacará esta mañana para empezar a prepararte para tu nuevo papel.

–¿Me voy a pasar todo el día de compras? –le preguntó ella muy sorprendida.

–Probablemente todo el día no. Estoy seguro de que la señorita Adams tendrá otras cosas pensadas para hacer que tu transformación sea completa.

–¿Y nos acompañará usted en esta… expedición?

Maggie lo había descrito como si se tratara de un desagradable safari.

–Hasta las dos más o menos. Tengo reuniones esta tarde por lo que, a partir de ese momento, lo dejaré todo en vuestras manos. Sin embargo, te veré esta noche para cenar.

–¿Acaso tengo opción en todo esto?

Había una ligera inflexión en su voz, como si, bajo tanta timidez, ella tuviera de verdad una voluntad de acero. Por alguna razón, a Will le resultó una cualidad tremendamente atractiva. Se preguntó si sería así en el dormitorio. ¿Se mostraría dulce y sumisa para luego hacerse con el control? Una inesperada oleada de calor se apoderó de él y le provocó que la sangre se le acumulara en la entrepierna.

–Oh, sí. Claro que tienes opción –dijo. Dudó y vio el modo en el que los hombros de Margaret se relajaban y cómo sus generosos pechos se movía bajo la chaqueta antes de proseguir–, hasta cierto punto.

–No voy a permitir que me vista para que yo parezca una ramera.

Ahí estaba de nuevo. Aquella fuerza. Will se contuvo para refrenar la necesidad de cruzar la distancia que los separaba y mostrarle lo bien que estaría que dejara que él llevara el control de la situación. Se recordó que era demasiado pronto.

–No te preocupes. Nada más lejos de mi intención –dijo.

Un golpe en la puerta interrumpió el silencio que se extendió entre ellos.

–Esa debe de ser la señorita Adams.

Margaret permaneció completamente inmóvil. Aquello iba a ser mucho más difícil de lo que había anticipado. El día anterior todo había parecido muy sencillo. Trabajar como su asistente personal.

Fingir que era su prometida. Evitar que Jason fuera a la cárcel.

Pensar que William Tanner iba a elegir su ropa, que él iba a fabricarle una imagen para el papel que ella había accedido a interpretar, le provocó un escalofrío. ¿Cómo iba a soportarlo? Ella siempre elegía sus prendas para ir a trabajar en una tienda de segunda mano de su barrio, que recibía las prendas de las zonas más ricas de la ciudad. Todo lo que compraba era de buena calidad, aunque algo pasado de moda. ¿De verdad importaba tanto?

Se lo imaginó esperando al otro lado del probador mientras ella se probaba las prendas que él había elegido para que le diera su aprobación y se sintió muy incómoda. Incómoda y algo más. Algo que le provocaba un escalofrío de anhelo en su interior, en un lugar que ella controlaba sin piedad y que llevaba sometiendo férreamente desde el día en el que asumió la custodia de Jason.

Tenía responsabilidades. Por supuesto, había tenido algún que otro novio, incluso amantes, pero jamás se había permitido dar un paso más allá. Jamás se había permitido sentir. En aquellos momentos, le daba la sensación de iba a ser más difícil de lo esperado mantener las distancias con William Tanner.

–Te presento a Paige Adams.

La voz de William la sacó de sus pensamientos y la obligó a concentrarse en el momento. Había esperado sentir una profunda e inmediata antipatía por Paige Adams, tan sólo porque William le había ordenado que se dejara aconsejar por ella, pero resultaba difícil sentir antipatía por la joven que estaba frente a ella. Tenía la piel fresca y suave. Una simpática sonrisa le adornaba el rostro mientras que unos poco habituales ojos color violeta brillaban con alegría.

Iba vestida con un traje a medida que transmitía la elegancia que a Maggie siempre le habría gustado lucir, un par de zapatos de altísimo tacón que no estarían fuera de lugar en *Sexo en Nueva York* y transmitía un aire de seguridad sin esfuerzo alguno. Iba muy bien peinada con un elegante recogido. Por su aspecto, parecía que no había tenido que preocuparse por su apariencia ni un solo día de su vida.

–Señorita Adams, soy Margaret Cole –dijo, decidida a llevar la delantera y a no permitir que la presentaran como la víctima de un sacrificio.

–Margaret, te ruego que me llames Paige. Encantada de conocerte. ¿Me permites? –preguntó antes de dirigir inmediatamente las manos a los botones de la chaqueta de Maggie–. Me gusta ver con lo que estoy trabajando desde el principio.

Maggie se tensó mientras los hábiles dedos de Paige volaban por los botones. Tan sólo llevaba una fina blusa bajo la chaqueta, una blusa que se había puesto porque nunca, nunca, se quitaba la chaqueta. Eso lo había aprendido a muy temprana edad, cundo había decidido que era mejor ocultar lo que la convertía en un imán para la atención no deseada de hombres de todas las edades, empezando con sus compañeros de clase cuando pasó de ser un insecto palo para adquirir la forma de un reloj de arena en muy pocos meses.

Miró a Will cuando Paige le entregó la chaqueta con aire distraído. ¿Sería él igual que los demás? ¿Se olvidaría de que ella era una persona y no simplemente un cuerpo?

Sus ojos castaños se cruzaron con los de ella mientras Paige la examinaba con ojo crítico. Maggie esperaba el momento en el que él bajaría la mirada, como lo hacían todos los hombres, para mirarle los pechos. Sin embargo, no lo hizo. Ni siquiera un instante. Cuando Paige le quitó la chaqueta y ayudó a Maggie a ponérsela de nuevo, ella se sintió aliviada. Tal vez no le iba a resultar tan difícil estar con él.

–Esto va a ser maravilloso –dijo Paige con entusiasmo–. ¿Cuánto tiempo dijiste que teníamos?

–Tenemos una reserva para cenar a las siete y media –respondió Will.

–Vaya, es menos tiempo del que había pensado. No importa. Puedo hacerlo –comentó mientras apretaba la mano de Maggie para darle ánimos–. Podemos hacerlo. Eres excelente. Cuando haya terminado, no te reconocerás. Confía en mí.

Lo más extraño de todo era que Maggie confiaba en ella. Paige tenía una cálida manera de ser que la atrajo inmediatamente.

Paige se volvió a William y le dijo:

–¿Nos vamos?

–Por supuesto –dijo Will inclinando suavemente la cabeza. Tenía una sonrisa en los labios que dejaba al descubierto un ligero hoyuelo en la mejilla derecha–. Estoy a vuestra disposición durante las siguientes horas. Luego tengo algunas reuniones, por lo que os dejaré solas.

Maggie se sintió muy inquieta por el hecho de que él fuera a acompañarlas. Ya se lo había dicho y, dado que él iba a pagar todo, tenía sentido que tuviera voz y voto en lo que se adquiría con su dinero. Sin embargo, pensar que tendría que exhibirse delante de él la ponía muy nerviosa. Ella, que siempre trataba de no atraer la atención de nadie sobre sí misma, sería el centro de atención de un hombre al que encontraba casi irresistiblemente atractivo.

Se le aceleró el pulso cuando él le colocó la mano en la espalda y la animó a salir de la suite. Si se sentía tan desconcertada por algo tan sencillo como un gesto caballeroso, las horas que la aguardaban iban a ser una tortura.

Capítulo Cuatro

La palabra tortura ni siquiera empezaba a definirlo. Maggie lo comprendió cuando se metió en el probador por centésima vez. Era como si ella no existiera como persona. Se quitó el vestido de cóctel azul oscuro que tanto el señor Tanner como Paige habían acordado que no era la mejor elección del día y tomó el vestido negro para metérselo por la cabeza con un cierto aire de frustración. Se sentía como si fuera tan sólo un maniquí.

Sin embargo, todo cambió cuando se puso los zapatos negros que Paige había elegido y salió del probador.

Sus dos torturadores estaban sentados en el sofá de terciopelo que había frente a los probadores con las cabezas juntas. Parecían compenetrarse perfectamente... hasta que fueron conscientes de que ella estaba esperando que opinaran sobre ella.

–Oh –dijo Paige. Aparentemente se había quedado sin palabras.

Maggie miró a William y sintió que la respiración se le aceleraba al ver la expresión de su rostro. Sus ojos brillaban con evidente apreciación.

–Ese por supuesto –dijo.

–Así es –afirmó Paige.

Will se levantó y se acercó a Maggie, que estaba de pie muy nerviosa.

–¿Por qué no probamos así, para suavizar las cosas un poco?

Le quitó las gafas y se las guardó en el bolsillo de su chaqueta. Entonces, extendió las manos y soltó el cabello de Maggie y se lo alborotó

–Sí, mucho mejor…

Al escuchar el tono de su voz, Maggie se obligó a mirarlo. Entonces, vio, sin duda alguna, lo que él estaba pensando. El deseo se apoderó de ella como si fuera un ser vivo. Sentía que los senos le pesaban y que ansiaban las caricias de Will. Tenía una repentina sequedad en la garganta. Se estaba imaginando cosas. Él había dicho que debía fingir ser su prometida, pero en aquellos momentos, la expresión de su rostro distaba mucho de ser fingida. Resultaba evidente el deseo que tenía hacia ella. La lujuria se apoderó de ella hasta lo más íntimo y amenazó con impedirle respirar.

–¿Te pondrás este vestido para mí esta noche? –le preguntó él.

–Si quieres –replicó ella a duras penas.

–Estás muy hermosa. Nada podría darme más placer que tenerte a mi lado con este aspecto. Seré la envidia de todos los hombres que haya en el restaurante.

William sonrió. Margaret también lo hizo, pero de pura satisfacción. Por una vez en su vida, se sentía hermosa. La admiración que se reflejaba en el rostro de Will era tan evidente que no dejaba lugar a dudas. A pesar de que no estaba dispuesta a examinar cómo la afectaba aquella admiración, no podía dejar de sentir cómo la sensualidad se apoderaba de ella. Era casi imposible.

Alguien se aclaró la garganta, lo que hizo que Maggie prestara de nuevo atención a lo que le rodeaba.

–Está bien. Tenemos que ir a algunos sitios más antes de que hayamos terminado. En realidad, casi no hemos empezado.

–Me cambiaré –dijo Maggie mientras entraba de nuevo en el probador.

–Toma –comentó Will mientras se sacaba las gafas del bolsillo y se las devolvía.

Maggie se las puso y cerró la puerta. Al verse en el espejo, sintió que se le cortaba la respiración. Con el cabello suelto sobre los blancos hombros y el escote del vestido, comprendía muy bien por qué Will había reaccionado de aquel modo. Recordó que no le había mirado en concreto ninguna parte de su cuerpo. Ella no se había sentido incómoda bajo su escrutinio. Se miró cuidadosamente en el espejo.

El vestido tenía un corte exquisito. Si hubiera sido hecho a medida especialmente para ella, no podría haberle sentado mejor. El modo en el que se curvaba alrededor de la estrecha cintura y se acampanaba sobre las caderas para terminar justo por encima de las rodillas destacaba sus atributos de un modo que ella jamás hubiera podido soñar. Deslizó la mano por la tela para alcanzar la invisible cremallera que llevaba en el costado. Las yemas de los dedos le vibraban mientras se deslizaban sobre la fina tela. Jamás había soñado que pudiera tener algo que le hiciera sentirse tan hermosa como aquel vestido. Y aún quedaba más.

Se lo quitó y se lo entregó a Paige para que lo añadiera a las otras prendas que William ya había aprobado.

No sabía cuándo iba a ponerse tanta ropa. Hasta aquel momento, ni una sola prenda era adecuada para ir a trabajar. Aparte de cuando salía a tomar café con su amiga Gillian y Sarah, tenía poca vida social. Evidentemente, todo eso iba a cambiar dramáticamente.

Cuando salió del probador, Paige estaba sola.

–El señor Tanner ha tenido que marcharse, así que ya estamos las chicas solas –dijo.

Durante un instante, Maggie sintió un profundo alivio por no tener que verse sometida al examen de William en todo lo que se probaba. Sin embargo, no tardó en comprender que era la aprobación de él lo que buscaba cada vez que salía del probador.

Era patética. William la estaba chantajeando para que fingiera ser su prometida y ella lo echaba de menos... ¡Qué rápidamente había caído en sus garras!

Sonrió a Paige.

–Va a ser muy divertido. ¿Qué nos toca ahora?

–Primero, haremos que nos empaqueten todo esto. Luego, te sugiero que vayamos a comprar lencería y a almorzar. Me muero de hambre. ¿Tú no?

Paige se echó a reír cuando el estómago de Maggie comenzó a hacer ruidos.

Más tarde, mientras estaban almorzando, Paige le explicó lo que iban a hacer el resto de la tarde.

–Creo que ya tienes ropa para la mayoría de eventos sociales, pero me gustaría verte con ropa de trabajo. En cuanto hayamos terminado aquí iremos a comprarte unos trajes y luego te llevaré a la óptica.

–Pero si veo perfectamente bien con estas gafas –protestó Maggie.

–Estoy segura de ello, pero, ¿no preferirías llevar lentillas? También te podremos comprar unas súper sexy gafas de sol. Si estás incómoda con las lentillas, te podríamos elegir otras gafas. Algo un poco más suave que saque el máximo partido a tus pómulos.

Maggie se reclinó en la silla. Siempre había tenido miedo de probar las lentillas, pero tenía que admitir que estaba más que harta de las gafas. Algún día, cuando hubieran terminado de pagar los préstamos por los estudios de Jason, tal vez consideraría operarse de la vista. Sin embargo, para eso quedaba mucho.

–Está bien. Me las probaré –afirmó.

Cuando Paige Adams hablaba de un cambio, era ciertamente a eso a lo que se refería. Maggie se miró en el espejo. No sólo llevaba lentillas, que no le irritaban los ojos, sino que también allí en el spa del club de tenis, la habían sometido a un tratamiento corporal y facial, con pedicura y manicura. En aquellos momentos, se sentía maravillosa. Además, su cabello había recibido un tratamiento acondicionador y a un nuevo estilismo que le había dejado las puntas de una oscura y lustrosa melena rozándole suavemente las clavículas.

Casi no se reconocía. La maquilladora que había estado explicándole lo que tenía que hacer para sacar el máximo partido a sus pómulos no había hecho más que decir lo hermosa y exquisita que tenía la piel. Cuando la nueva Margaret Cole quedó al descubierto, hasta Paige lanzó un largo silbido de apreciación.

–Sí, sí –dijo Paige–. El señor Tanner va a estar muy satisfecho –añadió. Entonces, miró el reloj–. Es mejor que te vistamos y te llevemos a su suite. Son casi las siete y media y no me parece la clase de hombre al que le gusta que lo tengan esperando.

De repente, Maggie se sintió muy nerviosa.

Paige tomó la bolsa que contenía el vestido negro que tanto le había gustado a Will y la ropa interior que había insistido en que se pusiera.

–Toma. Ponte eso para que veamos lo guapa que estás.

Maggie se sintió atrapada. Esa clase de cosas no ocurrían en su mundo. Las compras, la transformación, la calidad de las medias que se puso sobre las piernas depiladas... Era como si todo aquello formara parte de un sueño. Cuando se puso el vestido y se lo abrochó, se sintió un poco mareada.

Se colocó una mano en el estómago para aplacar sus nervios, pero le resultó imposible.

–¿Va todo bien? –le preguntó Paige desde el otro lado de la puerta.

–Sí, sí. Estoy bien.

–Entonces, sal para que puedas mostrarnos el resultado final.

Maggie respiró profundamente. Se puso los zapatos y se miró en el espejo. No era ella. No podía ser ella. Dedicó una sonrisa a la imagen que se reflejaba en el espejo. Ni siquiera los labios pintados de color rojo parecían suyos.

La glamurosa criatura que la observaba no era la misma Maggie Cole que se había marchado de su casa aquella mañana. No. Era la clase de mujer que siempre había deseado ser, pero que jamás había tenido el valor suficiente para alcanzar. Aquella era Margaret Cole.

De repente, se sintió más tranquila. Podía hacerlo. Podía ser la mujer que William Tanner necesitaba que fuera. Lo haría por Jason y, más importante aún, por ella misma.

Cerró los ojos y se dijo que, a partir de aquel momento, era Margaret Cole, prometida y asistente personal de uno de los hombres más poderosos de Empresas Cameron.

Tanto la maquilladora como Paige se mostraron muy contentas con el resultado final. Margaret aceptó los cumplidos de ambas. En la mano llevaba un bolso *vintage*, que había sido regalo de Paige.

–Toma, algo mío –le había dicho tras darle un

abrazo–. Ahora, no te pongas a llorar o te estropearás el maquillaje.

Margaret siguió el consejo y, con los buenos deseos de las dos mujeres resonándole en los oídos, respiró profundamente y se dirigió a la suite.

Will aspiró el aroma del Pinot Noir de Nueva Zelanda que había enviado desde su bodega en Nueva York a Vista del Mar y anticipó los complejos sabores que prometían bailar sobre sus papilas gustativas. Le sorprendieron el parecido entre aquel vino y la mujer que estaba a punto de reunirse con él.

Aquel día, había visto destellos de la sirena que prometía ser, la sirena que esperaba tener calentando sus sábanas en muy poco tiempo, la sirena que apaciguaría a su padre y se asegurara que la tierra que llevaba dos siglos en su familia siguiera en las mismas manos. Deseaba aquella granja con una necesidad que le salía de muy dentro, una necesidad que había anidado en su corazón en las primeras vacaciones escolares que se pasó detrás de su abuelo mientras él trabajaba la tierra que amaba por encima de todas las cosas. Incluso tantos años después seguía sintiendo la fuerza de la mano retorcida y trabajada de su abuelo agarrando la suya mientras paseaban por los campos. El dinero jamás le había importado al anciano. Siempre había dicho que la tierra tenía una energía que le devolvía lo que él le daba multiplicado por cuatro.

Incluso en aquellas escasas visitas escolares, Will había comprendido a lo que se refería su abuelo. Era una magia que no quería perder. Nunca.

Ya no tenía que perderla. Margaret se aseguraría de que su sueño se hiciera realidad. El coste de las compras de aquel día, que ya le había enviado Paige Adams por correo electrónico, era una pequeña inversión para Will, una inversión que recuperaría con todo su valor.

Cuando alguien llamó a la puerta, sintió que se ponía tenso. Lenta y deliberadamente, dejó la copa de vino sobre la mesa y fue a abrir. Ni siquiera se molestó en comprobar quién era por la mirilla. Sabía perfectamente quién estaba al otro lado.

Cuando abrió la puerta, descubrió a Margaret en toda su gloria. Y qué gloria. Por primera vez en su vida, William Tanner se quedó sin palabras. Sus ojos se prendieron de la mujer prácticamente desconocida que esperaba al otro lado de la puerta. Cada una de sus curvas se revelaba con absoluta perfección. El cabello le brillaba como seda negra y sus dedos ansiaban acariciarlo. El maquillaje que llevaba era tan perfecto que su piel se semejaba a la de una muñeca de porcelana.

Todas las células de su cuerpo disfrutaban con aquella visión. Por fin consiguió hablar.

–Estás bellísima –dijo tomándola de la mano y llevándola hacia el interior. Allí, le hizo darse la vuelta lentamente–. ¿Cómo te sientes?

–Como Cenicienta –admitió Margaret con una ligera sonrisa.

–Estoy empezando a lamentar la cita que tengo para cenar en Jacques' esta noche.

–¿Por qué?

–Porque no sé si estoy listo para compartir esta versión tuya con nadie.

No pudo evitar la nota de posesión que se le reflejó en la voz. Él era Pigmalión y ella su Galatea. La quería sólo para él. Ansiaba explorar todas las facetas de aquella transformación y luego retirar cada capa de su nueva sofisticación antes de colocar a la verdadera Margaret Cole desnuda ante sus ojos y ante su ansioso cuerpo.

Margaret bajó la cabeza tímidamente. Will tuvo que reconocer que, al menos externamente, ella era todo lo que necesitaba de una acompañante femenina, pero que bajo los lujosos adornos que su dinero había proporcionado, ella seguía siendo una chica sencilla. Una chica sencilla con un magnético atractivo que amenazaba con hacer pedazos su ingenio.

Se obligó a sonreír.

–No te preocupes. No voy a ser tan egoísta como para guardarte sólo para mí, al menos en esta ocasión.

–Me alegra oír eso. Tengo ganas de cenar.

–¿Te gustaría tomar una copa de vino antes de que nos marchemos? Estoy seguro de que Henri nos guardará la mesa un poco más.

Margaret asintió con un ligero movimiento de cuello. Will sentía ganas de explorar cada centímetro de su delicada garganta...

–Sí, me gustaría.

–¿Te gusta el vino tinto? Tengo abierta una botella de un excelente Pinot Noir.

–No puedo decir que lo haya probado, pero estoy dispuesta a hacerlo.

Will tomó la botella y sirvió otra copa del vino.

–Toma. Huélelo primero y dime qué es lo que se te ocurre.

Margaret tomó la copa que él le ofrecía y se la llevó a la nariz. Cerró los ojos y aspiró suavemente. Todos sus sentidos se centraron en lo que él le había ordenado que hiciera. Abrió los ojos rápidamente.

–Huelo ciruelas y bayas. ¿Es así? Me hace pensar en los largos días de verano.

–Así es. Tienes muy buen olfato. Ahora, saboréalo y dime lo que piensas.

Margaret se apretó la copa contra el labio inferior y lo inclinó ligeramente para permitir que una pequeña cantidad del vino penetrara en la delicada boca. Will se sintió como si hubiera recibido un puñetazo en el estómago al observar, completamente hipnotizado, cómo ella tragaba y luego se relamía los labios. No fue nada más que un rápido movimiento de la lengua sobre el labio inferior, pero fue lo suficiente para hacer que la sangre bombeara por las venas con una velocidad que estuvo a punto de marearlo.

–Está muy bueno. Ahora puedo saborear la fruta y algo más… ¿Algo de madera?

–Una vez más tienes razón. Muy bien.

Dios Santo... ¿le estaba temblando la mano? Mientras sujetaba la copa y tomaba el trago de vino que tanto había deseado instantes antes. No se podía creer que ella lo afectara tan profundamente y en un periodo de tiempo tan breve. La miró de nuevo. No se podía decir que ella no estuviera también afectada. El rubor le cubría los pómulos y ciertamente no había tomado el suficiente vino como para justificarlo.

La atracción que existía entre ellos era algo muy diferente.

–Cuéntame sobre el resto de tu día –la animó–. Veo que Paige ciertamente se ha ganado lo que cobra.

Margaret le contó todos los detalles del día de compras y lo que las dos habían hecho cuando él se había marchado.

–Habéis hecho muchas cosas. Tengo que decir que me gustan las lentillas –comentó Will.

–Habría pensado que me costaría más acostumbrarme a ellas, pero me he llevado una agradable sorpresa. Por supuesto, aún no he intentado quitármelas.

Margaret se echó a reír. El sonido de su risa era tan rico y complejo como el vino que tenían en la copa. Los nervios de Will estaban tan tensos que amenazaban con romperse. El deseo que sentía por ella nublaba todo pensamiento racional. Tenía que centrarse. No deseaba nada más que tenerla para él solo toda la noche, pero aquello era imposible. Necesitaban ser vistos en público para que se filtrara la noticia y llegara hasta sus padres en Nueva York.

Se asombró al darse cuenta durante la cena que ella era una acompañante muy divertida. Tenía una aguda inteligencia que él había subestimado cuando vio la versión más mojigata de ella en el trabajo.

Todo fue muy bien hasta que un grupo de varias parejas entraron en el restaurante. Los hombres eran directivos de Industrias Worth que habían sobrevivido a la absorción. Uno de ellos saludó a Will con una inclinación de cabeza y se quedó muy asombrado al reconocer a la mujer que lo acompañaba. Entonces, algo menos agradable y más lascivo tiñó la mirada del hombre mientras viajaba por la suave columna de marfil que era la garganta de Margaret y después más abajo aún, hasta el escote.

Un inesperado sentimiento de posesión y la necesidad de protegerla de tan insultante interés se apoderaron de Will. Se dio cuenta de que ella había palidecido bajo el escrutinio del otro hombre para luego volver a dejar su taza de café sobre el platillo con gesto muy tranquilo. Will se percató de que estaba retorciendo la servilleta que tenía en el regazo con los dedos.

Will miró fijamente al directivo hasta que él apartó la mirada del busto de Margaret y lo miró a él. Bastó con que Will entornara los ojos y lo mirara con frialdad para que el hombre entendiera.

–¿Nos vamos? –preguntó Will. Se sentía ansioso por sacarla de allí.

Sus actos contrastaban con lo que había pensado que quería. Ni siquiera el interés mostrado por ellos cuando se encontraron por casualidad con el periodista del corazón del *Seaside Gazette* al llegar al restaurante no había provocado aquella necesidad de proteger a Margaret de un interés no deseado en su relación. No se había parado a considerar las ramificaciones de aquella relación lo suficiente y se prometió que, en el futuro, pensaría más en la reputación de Margaret. A pesar de que no había dudado en utilizarla para su propio beneficio, no quería ver cómo ella se convertía en objeto de rumores y de comentarios malintencionados en el trabajo.

–Gracias, sí. Me gustaría marcharme –replicó Margaret.

Ninguno de los dos había bebido más de una copa de vino durante la cena, pero Will se alegró de tener chófer. Así, podía tener la oportunidad de observar a Margaret un poco más y aprender sus gestos. Hasta aquel momento, no le había encontrado fallo alguno, lo que era estupendo si quería convencer a sus padres de que ella era la elegida. Los dos se darían cuenta de que todo era una farsa si él saliera con alguien que careciera de modales.

Mientras la ayudaba a que se acomodara en el asiento trasero de la limusina, vio el encaje que coronaba las medias que llevaba un instante antes de que se alisara la falda por las hermosas caderas. El deseo se apoderó de él con fuerza. El lado racional de su pensamiento le dijo que su reacción no era mejor que la del directivo al que él había reprendido con la mirada en el restaurante. Sin embargo, el lado menos racional, el que había visto a Margaret en el baile de San Valentín y había sabido que no se detendría en nada para poseerla, le recordó que él había podido refrenar su pasión a lo largo de la exquisita cena que habían disfrutado en el restaurante. Había sido el perfecto caballero, el perfecto anfitrión. Sin embargo, en aquellos momentos, en el ambiente íntimo del coche y con la pantalla colocada para que el chófer no viera nada, el pensamiento se le desbocó al imaginar todas las cosas que quería experimentar con la señorita Margaret Cole.

Capítulo Cinco

Margaret estaba sentada al lado de Will sobre el fresco asiento de piel mientras el coche se alejaba suavemente de la entrada de Jacques'. Era como si estuvieran aislados en una burbuja protectora. La sensación le resultaba profundamente más tranquilizadora que el momento en el que el jefe de contabilidad la había reconocido en el restaurante con Will. La horrible mirada que se le reflejó en los ojos le había dado náuseas. Era exactamente la clase de mirada que había estado tratando de evitar toda su vida.

Lo peor de todo aquello era que la esposa de aquel hombre trabajaba en Recursos Humanos y era una verdadera chismosa. A Margaret no le sorprendería descubrir que era el principal tema de conversación antes de las nueve de la mañana siguiente.

Miró por la ventana para contemplar el paisaje, pero no consiguió captar ningún detalle de lo que veía. Lo único que podía hacer era castigarse en silencio por haber sido tan idiota. ¿Quién creía que era? Se había permitido creer que ella podía pertenecer a aquel mundo, pero hacía falta mucho más que ropa y maquillaje para dar el salto. En realidad, no era nada más que una herramienta de un juego muy elaborado que Will Tanner había diseñado y en el que ella se había mostrado dispuesta a participar.

Había sido divertido vestirse así aquella noche, permitir que sus sentidos se vieran exaltados por el glamour de la ropa que llevaba puesta y dejar que la mujer que tanto se esforzaba por ocultar saliera a la superficie. Sin embargo, por mucho que deseara que todo fuera verdadero y real, no lo era.

Todo había terminado por aquella noche. Tendría que marcharse a casa y enfrentarse a las silenciosas acusaciones de su hermano. O no tan silenciosas, dada la inclinación que Jason tenía a decir lo que pensaba. Sabía que a su hermano no le gustaría aquella nueva versión de Margaret, en especial por el hombre que había sido artífice de todo aquello.

Además, estaba el mañana. El trabajo. En silencio, dio las gracias a Paige por la consideración con la que había ayudado a Maggie a elegir su nuevo guardarropa de trabajo. Aunque las prendas eran más ajustadas que las que solían llevar normalmente, resultaban bastante sutiles a la hora de enfatizar sus evidentes atributos. Al menos, no se vería sometida a la clase de mirada del restaurante.

Resultaba extraño cómo la mirada de un hombre podía hacer que se sintiera incómoda. Incluso sucia. Sin embargo, un fuego seguía ardiendo lentamente bajo todo aquello a pesar de todas sus preocupaciones.

Vio cómo los cálidos dedos de Will rodeaban la mano que ella tenía en el regazo. Entrelazó los dedos con los de ella y se lo llevó a los labios para darle un beso en los nudillos.

–Siento que la velada haya tenido que terminar así, Margaret.

–No ha sido culpa tuya.

–No, pero me enoja que tú hayas tenido que sentirte incómodamente simplemente por ser tú. Hermosa.

Aquellas palabras fueron como un bálsamo para el alma de Margaret, pero sabía que no debía ni podía aceptarlas.

–No. No soy hermosa –dijo mientras levantaba la mano para acallar las protestas de él–. No estoy diciendo eso para que tú puedas discutir sobre ese punto conmigo. Conozco mis limitaciones y hablando de las mismas –añadió mientras soltaba la mano que él aún tenía agarrada–, tenemos que hablar de cómo vamos a llevar este asunto en el trabajo.

Will la observó con cautela. El silencio se extendió entre ellos hasta resultar incómodo. Por fin, él se aclaró la garganta y tomó la palabra.

–Es fácil, ¿no te parece? Tú te comportarás como si fueras mi prometida y mi asistente personal a la vez.

–Pero esto del compromiso es tan repentino... ¿No crees que la gente va a hablar? ¿Estás seguro de que es eso lo que quieres? –protestó ella.

–Nadie se atreverá a hablar de nuestra relación

a nuestras espaldas ni tampoco a la cara. De eso puedes estar segura, Margaret. Me aseguraré de que no seas tema de conversaciones habituales.

–Tú no puedes controlar la naturaleza humana. La gente va a hablar.

–Si los amenazo con despedirlos, te aseguro que no lo harán –gruñó él en la oscuridad.

–Te ruego que no lo hagas. Después de que hayas regresado a Nueva York, yo tendré que seguir trabajando con estas personas.

Will lanzó un gruñido antes de asentir con la cabeza.

–Está bien –dijo de mala gana–. No amenazaré con despedir a nadie, pero dejaré muy claro que nuestra relación no es asunto de nadie más que de nosotros.

«Pues buena suerte con eso», pensó Margaret con una triste sonrisa.

–Gracias. Ahora, en el trabajo, ¿va a saber todo el mundo que estamos... juntos?

–Sí –dijo él–. Creo que eso terminará con las conjeturas desde el principio. Eso me recuerda que tenemos que comprarte un anillo. Maldita sea, eso lo tendría que haber pensado hoy. A la gente le extrañará que no lleves uno.

Margaret sintió que se le hacía un nudo en la garganta. ¿Un anillo? Ni siquiera lo había pensado. Sólo pensar en lo que diría Jason cuando llegara a casa con su nuevo guardarropa era suficiente para provocarle escalofríos.

–¿De verdad es necesario? ¿No podríamos esperar un poco para eso? La gente va a pensar que es todo demasiado precipitado.

–Quiero que lleves mi anillo aunque sólo sea para tu protección, Margaret –afirmó él solemnemente–. Nadie se atreverá a cuestionar nuestra relación. Tenemos que mantenernos tan pegados a la realidad como sea posible. Si alguien pregunta, podemos decir que nos conocimos en el baile de San Valentín y que nos hemos estado viendo muy discretamente desde entonces, pero que ahora hemos decidido sacarlo todo a la luz. ¿Te causará eso a ti algún problema entre tus amigas?

Margaret lo pensó durante un instante. Gillian y Sarah, sus mejores amigas, se sorprenderían, pero se mostrarían muy felices por ella si creían que aquel compromiso era de verdad. Jason era el único problema.

Sin embargo, estaba haciendo todo aquello por él. Para evitar que su hermano perdiera su trabajo. Para evitar que fuera a los tribunales o incluso a la cárcel.

¿Cómo podía haber pasado aquello por alto? ¿Cómo podía haber permitido que su gozo por su nuevo aspecto, por su nuevo guardarropa, por el sencillo hecho de pasar el tiempo con un hombre guapo pudiera haberle hecho olvidar sus responsabilidades hacia su hermano? Sus padres se avergonzarían de que ella hubiera permitido que se le desviara con tanta facilidad de la seriedad de la situación en la que Jason y ella se encontraban. Se sentía avergonzada.

Vio que estaban llegado al club de tenis. Extendió la mano y golpeó sobre el cristal. Se bajó inmediatamente para dejar al descubierto al conductor.

–¿Podría dejarme aquí, por favor? Tengo el coche en el aparcamiento.

La limusina se dirigió hacia el lugar donde el coche de Margaret estaba completamente solo.

–¿Estás segura de que no quieres quedarte aquí en el club? Puedo hacer que te preparen una habitación si no quieres quedarte en mi suite –dijo Will con una mirada que le provocó a Margaret una extraña calidez en el vientre.

Por mucho que hubiera pasado aquel día, una mirada de Will era suficiente para hacer que se deshiciera por dentro.

–No, tengo mi casa. Me gustaría mantenerlo así.

–¿Has sido siempre tan independiente? –le preguntó Will con una sonrisa.

–Supongo que desde que mis padres murieron. Se ha hecho costumbre –admitió.

Will descendió de la limusina para ayudarla a salir.

–Tal vez vaya siendo hora de que compartas esa carga que llevas –comentó él.

¿Estaba criticando a Jason? Se sintió automáticamente dispuesta a defender a su hermano.

–Me las arreglo bien –dijo por fin.

Will la acompañó a su coche y permaneció a su lado mientras ella trataba de abrir la puerta.

–¿Problemas? –le preguntó.

–No pasa nada. Hace falta un poco de habilidad

para conseguir que abra –respondió ella cuando consiguió abrir la puerta.

–Supongo que tienes ahí dentro todo lo que has comprado hoy.

–Sí.

–Algo arriesgado dado lo fácil que sería abrirte el coche.

–Bueno, yo diría que la seguridad del club de tenis se encargaría de que mis paquetes están a salvo –replicó–. Además, están en el maletero, por lo que no los puede ver nadie.

–No, pero cualquiera te podría haber visto meterlos ahí –insistió él–. No me gusta el hecho de que tu seguridad se pueda ver comprometida tan fácilmente. Mañana me encargaré de facilitarte otro coche. No quiero que discutas conmigo, Margaret –añadió cuando ella se disponía a protestar–. Necesito que tengas un coche fiable en el que ir y venir al trabajo o realizar otras salidas que tengas que hacer conmigo. Tiene sentido poner un coche a tu disposición.

Margaret no pudo pensar en nada que pudiera hacerle cambiar de opinión. Will dio un paso al frente y le levantó la barbilla con un dedo.

–¿Estás enfadada conmigo ahora? –le preguntó.

Consciente de que el conductor de la limusina los estaba escuchando porque estaba esperando a Will, Margaret negó con la cabeza. En realidad, no estaba enfadada, pero se sentía frustrada por haberse visto puesta en una situación que no podía rechazar.

–Entonces, parece que tendré que remediar eso, ¿no te parece?

Antes de que Margaret pudiera protestar, Will la besó lenta y persuasivamente. Ella emitió un pequeño suspiro de capitulación. Entonces, sin darse cuenta de lo que estaba haciendo, lo abrazó con fuerza y le hundió los dedos de una mano en el corto cabello para sujetarle la cabeza como si jamás se fuera a hartar de él.

Cuando la lengua de él rozó la de ella, Margaret sintió que el cuerpo le prendía fuego. Se inclinó sobre él y apretó los senos contra la dureza de su torso, dejando que las caderas se movieran contra las de él en una silenciosa danza de tormento.

Entonces, igual de rápido, él rompió el contacto. Como si hubiera demostrado que hiciera ella lo que hiciera, pensara lo que pensara o dijera lo que dijera, era suya. Cuando y donde la deseara. Debería haberle molestado comprender esto, pero se esforzó en tratar de tranquilizar el deseo que se había apoderado de ella.

–Dulces sueños –susurró él contra sus labios–. Te veré por la mañana.

Ella asintió y se metió en el coche. La mano le temblaba un poco mientras trataba de meter la llave en el contacto para arrancar el coche. Will le cerró la puerta y se hizo a un lado para que ella maniobrara. Cuando miró por el retrovisor, vio que él seguía allí, observándola mientras se dirigía hacia la salida del aparcamiento.

No tenía ni idea de cómo iba a controlar el abrumador efecto que tenía sobre ella. Mientras que todas las células de su cuerpo la animaban a que cediera a lo que sentía, a que cediera a él, la lógica le decía que eso sólo le provocaría sufrimiento.

Había dormido sorprendentemente bien después del revuelo en el que había terminado la velada. Por suerte, Jason estaba en su dormitorio con la luz apagada, pero con la televisión puesta. Ella no había querido molestarlo. En realidad, no había querido enfrentarse a sus recriminaciones.

Lo único que tenía que hacer era decidir lo que se iba a poner aquel día para ir a trabajar. Se decidió por un vestido inspirado en los años cuarenta con un profundo escote en uve y mangas tres cuartos. Después de cepillarse el cabello y de aplicarse un ligero maquillaje, se dirigió a la cocina.

Para su sorpresa, Jason ya estaba allí.

–Anoche regresaste muy tarde a casa –dijo mientras ella se servía una taza de café–. ¿Estuviste trabajando hasta tarde en la oficina?

–No. Salí a cenar. No te molesté cuando entré, ¿verdad?

–¿Molestarme? –replicó él con una carcajada irónica–. Bueno, eso depende de con quién cenaras, ¿no te parece?

–¿Por qué iba a depender de eso?

–Estuviste con él, ¿verdad? Y mírate esta mañana. Eso es nuevo. ¿Te lo ha comprado él?

–El señor Tanner y yo acordamos que mi antiguo guardarropa era algo inapropiado para mi nuevo papel. Él, muy amablemente, se ofreció a rectificarlo.

–¿Tu nuevo papel? ¿Y qué papel es ese exactamente, Maggie? ¿Cuánto tiempo falta para que te tenga calentándole las sábanas?

–¿Cómo te atreves a hablarme de ese modo? Yo no soy así y lo sabes.

–Sí, pero la hermana que yo conozco no falta a su trabajo todo el día, ignora su teléfono móvil y entra en casa a hurtadillas para que no me entere.

El móvil. Dios. No se le había ocurrido mirarlo en todo el día.

–Lo siento. Estaba distraída.

–Por él.

Jason pronunció aquellas dos palabras como si fueran veneno.

–Sí, por él. Sin embargo, me gustaría que recordaras, Jason, que sólo acepté este trabajo para que tú mantengas el tuyo. Sé que no te gusta, pero es así. No nos podemos permitir perder ninguno de nuestros trabajos. Sabes tan bien como yo que trabajar para Empresas Cameron es lo único que nos mantiene la cabeza fuera del agua.

–No me gusta, Maggie. Sólo lleva a tu alrededor dos días y ya te ha cambiado. No es sólo la ropa, sino el cabello y… ¿Llevas lentillas? ¿Y eso por qué? ¿Acaso no eras antes lo suficientemente buena para él?

–Como su prometida, se esperará que tenga un cierto aspecto. Además, no creo que yo pueda protestar dado que él lo pagó todo.

–¿Todo? Entonces, supongo que ya no veré más algodón blanco en la ropa sucia.

Margaret se sintió furiosa. Todo resultaba tan fácil para él. No tenía otra cosa que hacer más que sentarse y juzgarla, a pesar de que ella estaba haciendo todo aquello por él. Si él no...

Una potente ira comenzó a apoderase de ella. Había hecho todo lo que había podido a lo largo de todos aquellos años, pero jamás iba a ser suficiente. Iba siendo hora de que él se enfrentara a algunas verdades.

–Te recomiendo que saques la cabeza del arroyo por una vez y que trates de centrarte en alguien que no sea tú mismo.

Jason la miró sorprendido al escuchar la dureza de su voz. Margaret jamás se había mostrado tan dura con él, ni siquiera cuando la policía lo había llevado a casa cuando tan solo era un adolescente. Decidió suavizar el tono. No iba a servir de nada enfrentarse a él.

–Mira, William Tanner y yo estamos prometidos.

–Estás loca. Nadie se va a creer eso.

–Tendrán que creérselo. Si alguien te pregunta, puedes decirle que nos hemos estado viendo desde hace dos meses y que... es algo más grande lo que los dos habíamos esperado. No me cabe duda de que todo el mundo estará hablando hoy en el trabajo al respecto. Nos vieron cenando anoche y un periodista de la *Gazette* nos vio entrar en el restaurante también. Tenemos que decir lo mismo, Jason, antes de que los chismosos comiencen a hablar al respecto.

–No esperes que yo lo reciba aquí con los brazos abiertos. No puedo soportarle.

–Lo sé. No tienes que preocuparte. No voy a traerlo aquí.

–Eso significa que tú irás a su casa. Estarás a su disposición en el trabajo y en tu tiempo libre.

–Así es. Esa es mi elección, Jason, una elección que he tomado por los dos. Recuérdalo.

Efectivamente, era su elección, una elección que le gustaría no haberse visto obligada a tomar. Sin embargo, ya no había marcha atrás.

Capítulo Seis

–Tengo entradas para un espectáculo en vivo esta noche. ¿Te gustaría ir? Podríamos ir a San Diego después de trabajar y había pensado que nos podíamos quedar allí a pasar la noche... a pasar el fin de semana. ¿Cuánto tiempo te hace falta para preparar una bolsa de viaje?

Margaret se irguió en la silla. Detuvo las manos sobre el teclado en el que había estado redactando un informe para Will. Llevaban tres días trabajando juntos, sin contar el día en el que la había llevado de compras, y todas las noches habían cenado juntos o en su suite o en uno de los restaurantes que había a lo largo de la costa. Todas las noches, él se había limitado a darle un beso de buenas noches y todas las noches ella se había marchado a su casa ansiando más. Para todos, eran la pareja comprometida que todos creían que era, pero, para Margaret, cada día se hacía más difícil separar la verdad de la realidad.

¿Un fin de semana en compañía de Will? La idea la excitaba y la aterraba a la vez. Sin duda, Jason se mostraría contrario, pero la perspectiva de pasar cuarenta y ocho horas a solas con Will Tanner era preferible al agobiante ambiente de casa.

Se sintió inmediatamente muy desleal por tener ese pensamiento. No era culpa de Jason que él no fuera feliz, pero, ¿por qué tenían que ser los dos infelices? Margaret respiró profundamente y respondió.

–Me encantaría. ¿Cuándo necesitas que esté preparada?

–Si has terminado con ese informe, te podrías marchar a casa ahora y yo podría pasar a recogerte –dijo tras mirar el carísimo reloj que llevaba puesto–, en unas dos horas. Eso nos dará tiempo de sobra para ir en coche, registrarnos en el hotel y comer algo. El espectáculo empieza a las ocho y luego podemos ir a cenar más tarde.

–¿Quieres que me ocupe de las reservas del hotel? –le preguntó ella.

–Ya lo he hecho yo –dijo Will mientras la miraba por primera vez.

Había algo en los ojos de Will que le hacía olvidar lo que estaba haciendo. El pulso se le aceleró. ¿Habría reservado una habitación o dos? Lo descubriría muy pronto.

Se obligó a romper el silencio y miró de nuevo la pantalla del ordenador. Inmediatamente, terminó el documento y lo mandó a la impresora.

–Estaré lista para marcharme dentro de unos minutos. ¿Necesitas mi dirección? –le preguntó ella con tanta compostura como pudo conseguir.

–No hace falta. Tengo todos tus datos.

No era de extrañar, dada la investigación a la que la había sometido a Jason y a ella.

Iban a pasar la noche fuera. Lejos de los ojos que todo lo veían en el trabajo. Lejos del resentimiento con el que se teñían toda las conversaciones que tenía con su hermano. Sólo pensarlo le hacía sentirse más ligera y más feliz.

Sólo tardó unos minutos en comprobar el informe impreso. Luego, lo copió y lo encuadernó para la reunión que Will había organizado para el lunes por la mañana. Entonces, guardó los informes con llave en su armario y le dijo a Will que se marchaba a casa.

Ni siquiera el comentario de una de las empleadas de contabilidad que oyó cuando salía por la puerta sobre el hecho de lo agradable que era ser la prometida del jefe y poder marcharse temprano el viernes fue suficiente para nublar el brillo de las horas que la esperaban.

Cuando Will llamó a la puerta de su casa, ya estaba preparada. La tarde de abril se había vuelto bastante fresca después del sol primaveral de las primeras horas del día y, como resultado, ella seguramente había metido demasiada ropa en la maleta, pero se consoló diciendo que mejor demasiado que muy poco.

Abrió la puerta y sintió que se le cortaba la respiración. No había visto a Will vestido de manera informal nunca, al menos no con nada que se pareciera al jersey gris verdoso que llevaba puesto en aquellos momentos con un par de sexys vaqueros. Las palabras se le ahogaron en la garganta cuando captó la anchura de los hombros y el modo en el que el jersey se le ceñía al torso. La corpulencia que se adivinaba bajo el punto del jersey la dejó sin palabras.

–¿Estamos listos? –le preguntó Will con una sonrisa.

–Sí –respondió ella mientras le mostraba la pequeña maleta que tenía sobre el suelo de la entrada.

–¿Nos vamos?

–Claro. Deja que compruebe que he cerrado todo bien con llave.

Margaret recorrió la casa comprobando puertas y ventanas y dejando la nota que había escrito para Jason en un lugar en el que no pudiera pasar desapercibida para su hermano. Cuando salió por la puerta y la cerró con llave, Will ya había metido la maleta en el maletero de su Chrysler 300 azul oscuro y estaba esperando junto a la puerta del pasajero para ayudarla a entrar.

–Siento haberte tenido esperando –susurró con timidez.

Había descubierto que él era un hombre íntegro, lo que contrastaba con la actitud arrogante que había transmitido cuando llegó por primera vez.

Durante la cena de la noche anterior él la había explicado las razones por las que necesitaba que ella le ayudara. En particular, le había hablado de la granja de sus abuelos y los planes que tenía su padre de venderla si Will no satisfacía su deseo de ver cómo su hijo menor sentaba la cabeza.

Ella había visto un lado de él que nadie había visto antes. Un lado que nadie esperaba. Por lo que parecía, la granja era muy grande y el padre de Will estaba dispuesto a sacar todo lo que pudiera y venderla al mejor postor. Sin embargo, Will estaba igualmente decidido a que la fina permaneciera en manos de la familia, más concretamente en las suyas. Le había hablado sobre los momentos que había pasado en la granja y lo que dichos momentos habían significado para él, el modo en el que le había ayudado a poner en perspectiva la riqueza de sus padres. Su padre jamás había querido hacerse cargo de la granja, tal y como lo habían hecho generaciones de Tanner antes de él y había optado por una carrera en el mundo de las finanzas. El genio de Albert Tanner lo había llevado a Nueva York y, por consiguiente, toda la familia había tenido que trasladarse al otro lado del mundo.

Sin embargo, Will sentía que era de vital importancia mantener aquel vínculo con el pasado de su familia. Generaciones de Tanner se habían ganado la vida en lo que, en ocasiones, había sido una tierra hostil y en condiciones terribles y, a pesar de todo, habían salido adelante. Aunque no tenía planes para cultivar la tierra él mismo, no veía razón alguna para que no se pudiera dejar a cargo de alguien.

Pensar en Will con un par de botas de goma llenas de barro y ropa de trabajo le dibujó a Margaret una sonrisa en los labios.

–¿En qué estás pensando? –le preguntó él.

–En lo que me dijiste anoche. Trataba de imaginarte con un par de botas de goma –comentó, entre risas–. En serio, después de verte todos los días con traje, supone un gran esfuerzo para mi imaginación.

Will sonrió antes de centrar de nuevo su atención en la carretera.

–Pues créete que ocurre a veces.

El viaje a San Diego transcurrió sin incidentes. No les llevó más de media hora. Antes de que Margaret tuviera tiempo de apreciar lo que les rodeaba, se detuvieron frente a uno de los hoteles más conocidos de la ciudad. Un portero con librea les abrió la puerta del coche.

Ella se quedó boquiabierta cuando entraron en el vestíbulo del hotel. No había visto nada igual en toda su vida. Del techo colgaban arañas de cristal y el suelo estaba cubierto de alfombras de seda sobre las que temía pisar.

–¿Te gusta? –le preguntó Will.

–Tanto que ni siquiera sabría cómo describirlo.

–Espera hasta que veas nuestra suite.

Una suite. Eso podría significar dos dormitorios, ¿no? Margaret no estaba segura de si aquello la aliviaba o la apenaba. Sin embargo, no tuvo que esperar demasiado para averiguarlo. En poco tiempo les llevaron a una suite que tenía dos plantas.

Mientras que Will se ocupaba de darle propina al botones, Margaret recorrió la suite. La planta baja constaba de un salón que daba a una enorme terraza completamente amueblada. Sacudió la cabeza. Si no había sido consciente antes de lo diferentes que eran los mundos en los que Will y ella vivían, lo habría sido en aquel momento.

Se dirigió a la escalera y colocó la mano sobre la barandilla de madera de nogal. En lo alto de la escalera estaba la habitación principal. Pensó que tal vez la puerta que había en un lateral conducía a otro dormitorio. Abrió la puerta y descubrió un lujoso baño de mármol. Cerró la puerta y miró a su alrededor.

Una cama. Una cama enorme y lujosa cubierta de suaves almohadones y fina ropa de cama. Los nervios se le tensaron. No era que no se hubiera imaginado durante la última semana lo que sería estar entre los brazos de Will en su cama, pero enfrentarse por fin a esa posibilidad era algo completamente diferente. ¿Estaba preparada para aquello? En muchos sentidos, no. Sin embargo, una voz se iba haciendo más fuerte en su interior y parecía decir que sí. Will había dicho que no tendría que obligarla y había estado en lo cierto.

Will esperó en la planta de abajo mientras Margaret investigaba lo que la suite tenía que ofrecer. ¿Se había dado cuenta de que sólo había reservado un dormitorio? Había sido una decisión consciente por su parte aunque si ella protestaba no tendría ningún problema en reservarla otra habitación para ella. Sin embargo, en su opinión había llegado el momento de que llevaran su relación a un nivel más allá. Ella se sentía cómoda con él física socialmente, aunque si quería que convenciera a sus padres de que verdaderamente era su prometida lo tendría que estar aún más. Will había esperado tomarse su tiempo para seducirla, pero había recibido un correo electrónico de su madre aquella semana en el que ella le comentaba que su padre estaba entrevistando a agentes inmobiliarios de Nueva Zelanda que se especializaran en fincas rústicas. Retrasarlo aún más sería correr un riesgo que Will no estaba dispuesto a afrontar.

Miró a Margaret mientras ella bajaba por la escalera para dirigirse de nuevo al salón.

–¿Champán? –le preguntó él.

Maggie dudó. ¿Iba a comentar en aquel instante su oposición a que durmieran juntos? Will contuvo el aliento hasta que ella pareció decidirse y se acercó a él.

–¿Por qué no? Sería un modo genial de empezar el fin de semana.

Will se relajó. Todo iba saliendo según lo esperado. Con habilidad, abrió la botella de champán y sirvió el líquido dorado en las copas que había sobre la mesa. Entonces, tomó ambas y le ofreció una a Margaret.

–Por nosotros –dijo él.

Maggie lo miró con seriedad en sus ojos oscuros.

–Por nosotros –replicó antes de chocar suavemente su copa contra la de él.

Sin dejar de mirarla, Will se llevó la copa a los

labios y bebió. Ella repitió lo que él hacía sin dejar de mirarlo. William sintió que el deseo que llevaba toda la semana conteniendo comenzaba a desenroscarse y a cobrar vida.

Cuando ella retiró la copa de los labios, permaneció en ellos una ligera humedad que lo tentaba, que lo desafiaba. Will le quitó la copa de las manos y la volvió a poner sobre la mesa junto a la suya. Entonces, tomó a Margaret entre sus brazos.

Cuando los labios de él sellaron los de ella, sintió y oyó la rendición de Margaret. Había ocurrido del mismo modo cada vez que él la había besado aquella última semana. El suave murmullo que ella hacía lo embriagaba de un modo que no podría hacerlo ningún otro estimulante. Todo su cuerpo se centró en aquel sonido y todos los nervios se tensaron de anticipación.

Ella lo abrazó, como si casi no pudiera sostenerse sin él. Su beso era tan abierto y tan entregado como él había esperado. Will adoraba su sabor, su textura. Tenía que agarrarse a la cordura, recordarse que aquella seducción debería progresar poco a poco, no estallar en una explosión de incontrolada necesidad. Sin embargo, por mucho que se esforzara, su cuerpo pedía más. Y lo pedía en aquel mismo instante.

De mala gana rompió el beso y vio con placer cómo ella se arrepentía de que así hubiera sido. Le agarró la mano y la condujo hacia la escalera. Lentamente comenzaron a subir. En lo alto, volvió a tomarla entre sus brazos.

Los botones de su blusa de seda se desabrocharon con facilidad. Él dejó que su mirada se diera un festín con aquella suave y delicada piel. El encaje blanco cubría sus generosos pechos y, por mucho que le gustara, ocultaba lo que tanto deseaba ver. Le deslizó la blusa por los brazos y absorbió sus pequeños gemidos de placer con los labios mientras él deslizaba los dedos por los brazos, persiguiendo a la tela hasta que cayó al suelo.

Margaret había estado toda la semana atormentándolo con unas prendas que sugerían y ocultaban a la vez sus femeninas curvas. Era la mujer más sensual que había conocido nunca y, al mismo tiempo, también la más modesta. Aquella yuxtaposición resultaba intrigante y provocadora al mismo tiempo, pero, por fin, ella estaba a su merced para que él pudiera descubrirla.

Con un sencillo giro, el broche del sujetador cedió y aquellos gloriosos pechos se derramaron ante él. Le deslizó las manos por las costillas para colocarlas bajo los cremosos senos antes de cubrirlos con las manos suavemente. Ella contuvo el aliento cuando Will le acarició los rosados pezones con los pulgares y los hizo endurecerse bajo sus dedos.

Depositó pequeños besos desde la comisura de la boca hasta la mandíbula mientras gozaba con el peso y la firmeza que tenía entre las manos. Cuando inclinó la cabeza un poco más y atrapó un tierno pezón entre los dientes, un profundo gemido escapó de la garganta de Margaret. Él dudó un instante antes de lamer la aureola. Estaba seguro de que ella le mandaría parar, pero Margaret le hundió los dedos en el cabello y le inmovilizó la cabeza para que siguiera.

La satisfacción se apoderó de él. Maggie deseaba aquello tanto como él. No se arrepentiría de nada, de eso estaba seguro. Se lo daría todo hasta que no le quedara nada.

Más tarde, no sabía cómo, estaban desnudos y tumbados juntos en la cama. La carne ardía por la necesidad que sentían el uno por el otro. Los detalles no importaban, pero varias cosas permanecerían en la memoria de Will para siempre.

El modo en el que le temblaban las manos mientras exploraba el cuerpo de Margaret. El descarado gozo que ella mostraba ante sus caricias. El agudo suspiro de placer cuando él la llevó al orgasmo. Su sabor al hacerlo. Entonces, la abrumadora sensación de penetrar en su cuerpo, de sentir cómo ella lo apretaba con fuerza antes de alcanzar otro clímax tras el cual Will se unió a ella y los dos permanecieron flotando, suspendidos por el placer, antes de regresar lentamente a la realidad.

Permanecieron allí algún tiempo, con las piernas enredadas, los corazones desbocados, los dedos acariciándose el uno al otro antes de que Will pudiera volver a pensar racionalmente.

Ya no estaba seguro de si él era el seductor o el seducido. Algo había ocurrido mientras hacían el amor. Había dejado de ser algo que él quería hacer y se había convertido en algo mucho más grande. Algo más. Algo que no quería examinar muy detalladamente y mucho menos en aquellos momentos cuando había tanto en juego.

Tenía que concentrarse en eso. Aún tenían mucho tiempo antes de que tuvieran que prepararse para el espectáculo de aquella noche y Will tenía muchas ideas sobre cómo podían emplear el tiempo hasta entonces.

Margarte exhalaba un aura de suprema satisfacción mientras salían del teatro. Hasta aquel momento, Will se había mostrado muy atento con ella y era un amante muy considerado. Tenía el brazo entrelazado con el de Will y sentía que su sensible pecho rozaba contra el brazo de él mientras salían por la puerta del teatro. Incluso a través de la tela de su traje podía sentir el calor que emanaba de su cuerpo y sentir también cómo ardía el suyo.

Casi no había podido concentrarse en la representación de *El violinista en el tejado*, aunque había adorado aquella historia desde la infancia. Durante toda la velada, no había hecho más que pensar en el hombre que tenía a su lado, el hombre que la había desnudado para gozar con ella.

Si ella fuera una gata, estaría ronroneando en aquellos momentos. No fue hasta que la vista se le vio cegada por un repentino fogonazo que Margaret se dio cuenta de que ya no estaban entre el resto de los espectadores que salían del teatro, sino que estaban en la acera, esperando al coche y al chófer.

–No te preocupes –murmuró Will mientras miraba a su alrededor para ver de dónde había salido el flash–. Será sólo un reportero buscando chismes.

–Pues de nosotros no van a averiguar mucho, ¿verdad?

–No lo sé. Con el aspecto que tienes esta noche, probablemente impriman la fotografía para vender más ejemplares.

Margaret le golpeó juguetonamente sobre el pecho.

–Estás bromeando.

Sin embargo, los ojos de Will la miraron con seriedad.

–Te aseguro que no estoy bromeando. Estás espectacular.

–Si eso es cierto, es gracias a ti. Tú me has convertido en esto.

Su coche se materializó a través del tráfico y se detuvo frente a ellos. Will no respondió al comentario de Maggie. Se limitó a abrir la puerta y a dejarla pasar delante de él. Maggie se preguntó si habría metido la pata con aquellas palabras.

–¿Tienes hambre? –preguntó Will.

Margaret se dio cuenta de que estaba muerta de hambre. Los ligeros aperitivos que habían consumido en la cama junto con el champán los habían mantenido hasta entonces, pero ella necesitaba algo de más sustancia.

–Sí.

–En ese caso, es una suerte que haya reservado para cenar –dijo guiñándole el ojo.

Ella lo miró a través de la semioscuridad del coche y sintió que se le hacía un nudo en el pecho. Había algo sobre Will que la atraía a todos los niveles y que la había atraído desde el primer momento que lo vio y que parecía profundizarse a cada minuto que pasaba con él.

Cuando estuvieron por fin sentados en el íntimo restaurante que Will había elegido, Margaret se sintió como si cada célula de su cuerpo estuviera sincronizada con las de él. Dejó que él decidiera lo que iban a cenar porque prefería observarlo. Will observó el menú con la misma concentración con la que se dedicaba a todo.

Sacó un pie del carísimo zapato y se lo deslizó por la pantorrilla sabiendo que nadie podía ver lo que estaba haciendo gracias al larguísimo mantel. Él ni siquiera se inmutó hasta que el dedo gordo comenzó a trazar la parte interna del muslo.

Will la miró y ella vio el deseo.

–Creía que habías dicho que tenías hambre –susurró él.

–Así es. Tengo mucha hambre.

Subió el pie un poco más hasta que encontró la excitada y firme masculinidad de Will. Apretó el pie contra ella y sonrió mientras él se rebullía en el asiento. Se sentía muy poderosa. Ella había provocado aquella reacción en él y, en aquellos momentos, tenía toda su atención.

–¿Tenemos tiempo para cenar? –preguntó él.

–Sí, pero que sea rápido…

–Te prometo que la cena será rápida, pero el

resto de la velada... –musitó mientras ella lo apretaba de nuevo–. Creo que voy a necesitar que pagues por esto, Margaret Cole.

–Creo que podré hacerlo –bromeó ella–. ¿Y tú?

–Como si hubiera alguna duda al respecto.

Will metió una mano por debajo de la mesa y le agarró el pie. Entonces, comenzó a acariciárselo suavemente. Ella no habría imaginado nunca que los pies tenían zonas erógenas. En pocos instantes, comenzó a experimentar un deseo inigualable.

De repente, él le soltó el pie tras darle un suave golpecito antes de apartarlo.

–Tengo algo para ti –dijo Will mientras se metía la mano en el bolsillo de la chaqueta.

–No, Will, en serio. Ya me has dado mucho.

–Esto es una parte necesaria de nuestro acuerdo, Margaret...

Ella se quedó inmóvil. La ilusión que ella neciamente se había permitido construir se esfumó. Recuperó la compostura y se recordó que su relación era simplemente una mentira.

–Dame la mano izquierda –le dijo él mientras abría un estuche de joyería.

Margaret no podía ver lo que había en su interior, pero extendió la mano tal y como le había pedido.

–Cierra los ojos –añadió Will.

Margaret hizo lo que él le había pedido y esperó. El corazón se le sobresaltó un poco cuando él atrapó su dedo anular entre los suyos propios e hizo deslizar sobre él el frío metal.

–Perfecto. ¿Te gusta?

Will no le soltó la mano y, cuando Margaret abrió los ojos, estos se le llenaron de sorpresa al ver el maravilloso anillo que él le había puesto en el dedo. Los diamantes de corte esmeralda relucían alrededor de un enorme rubí rectangular. El aro de oro era muy sencillo y cedía toda la gloria a las piedras que lo coronaban.

–Es lo más hermoso que he visto nunca –susurró Margaret. Los ojos se le habían llenado de lágrimas.

Más que nada en el mundo, deseó que aquello fuera real. Que el hombre que estaba sentado frente a ella estuviera enamorado y que estuviera uniendo su vida a la de ella. Parpadeó para contener la humedad que se le estaba formando en los ojos y trató de recuperar la compostura.

–Te prometo que tendré mucho cuidado –dijo ella mientras retiraba la mano.

–Me costó encontrarlo más de lo que había imaginado –admitió Will–, pero en cuanto lo vi, supe que eras tú.

Sus palabras eran como pequeñas astillas de cristal que desgarraban los sueños de Margaret. Se había dejado llevar por la fantasía de ser la prometida de Will con demasiada facilidad. Necesitaba recordarse toda la verdad: que simplemente era una herramienta para conseguir una finalidad.

Capítulo Siete

El lunes por la mañana supuso el retorno a la rutina que Margaret tanto ansiaba. Allí, en su despacho, podía centrar el cien por cien de su energía en su trabajo. Will estuvo reunido todo el día y, después de la intensidad del fin de semana, se alegró del espacio que ese hecho le proporcionaba.

Aquel día tenía muchas ganas de ver a una de sus más queridas amigas, Sarah Richards. Había quedado con ella para almorzar. Margaret se había sorprendido mucho cuando Sarah se había casado con Quentin Dobbs. No le había parecido que Quentin fuera su tipo a pesar de que siempre había estado enamorado de Sarah, pero habían conseguido que lo suyo funcionara hasta que todo se rompió cuando él falleció en un accidente de automóvil hacía tres años. Margaret siempre había admirado la fuerza de su amiga. Sarah trabajaba como camarera en el restaurante del club de tenis y Margaret había evitado cenar allí con William. Una cosa era mentir al resto del mundo sobre su compromiso, pero no a una de sus mejores amigas.

Sin embargo, Sarah no se rendía. Le había dejado a Margaret un mensaje en el móvil para decirle que iba a ir a buscarla para almorzar aquel mismo día. A Margaret no se le ocurrió ninguna razón para seguir posponiendo lo inevitable. Se miró en las puertas del ascensor mientras bajaba para reunirse con su amiga. Afortunadamente, nadie podía decir con sólo mirarla que había disfrutado del fin de semana más sensual de toda su vida.

–¡Dios mío! ¡Estás fabulosa! –exclamó Sarah en el momento en el que la vio–. ¿Qué has estado haciendo? Aunque, si lo pienso bien, tal vez no deberías decirme nada. Sólo me pondría celosa.

Margaret sintió que se ruborizaba de vergüenza.

–Sarah, sigo siendo yo –dijo, riendo.

–Sí, bueno. Eso ya lo sé, pero me gusta mucho lo que has hecho. En serio, estás maravillosa. Y hay más. Tienes un aura de luz a tu alrededor. Es un hombre, ¿verdad? Cuéntamelo todo. Gillian me ha dicho que has salido en la *Gazette* como la mujer misteriosa que acompaña a un cierto ejecutivo de Empresas Cameron. ¿Es cierto? –quiso saber Sarah mientras la miraba con curiosidad–. Aunque no estoy segura de que debiera perdonarte por dejar que me entere de tu vida amorosa por las revistas.

–Te prometo que te lo contaré durante el almuerzo –comentó Margaret, riendo–. ¿Dónde quieres comer?

–¿Qué te parece si comemos fuera? Hace calor y he traído un par de bocadillos y de refrescos sin azúcar. ¿Te parece bien?

Margaret se sintió aliviada. Al menos podrían disfrutar de su mutua compañía en la relativa intimidad de los jardines que rodeaban el edificio de

Worth sin preocuparse de quién pudiera escuchar su conversación. Parecía que todo el mundo quería saber de ella desde que todos los que trabajaban en la empresa se habían enterado de su compromiso con Will. Incluso más desde que, aquella mañana,había llegado a trabajar con el anillo.

–Me parece estupendo. Gracias.

Después de que se sentaran en un banco, Sarah sacó el almuerzo. Tras repartirlo con Margaret, le dio un bocado al suyo con sumo placer. Entonces, miró a Margaret.

–Es bueno en la cama, ¿verdad? –dijo Sarah sin andarse por las ramas.

Margaret estuvo a punto de atragantarse con el refresco que se estaba tomando.

–¿Cómo dices?

–Tiene que ser maravilloso. Estás radiante y mira cómo vas vestida. ¿Quién es?

Margaret respiró profundamente.

–William Tanner.

–Me estás tomando el pelo. ¿El director financiero de Empresas Cameron? ¿Uno de los hombres más importantes de Rafe?

–Efectivamente.

Sarah se recostó sobre el banco y miró a su amiga. Margaret supo exactamente el momento en el que los ojos de Sarah repararon en el anillo.

–¿Estás prometida con él? ¿Y no me lo habías dicho?

Sarah le agarró la mano y observó boquiabierta la belleza de las piedras.

–Todo es muy repentino –dijo Margaret–. A mí también me ha tomado por sorpresa.

–Efectivamente no hace mucho que os conocéis. ¿Estáis seguros de esto? No es propio de ti precipitarte.

A Margaret le costó encontrar las palabras adecuadas, palabras que no sonaran como una descarada mentira. Encontrar el equilibrio entre la verdad y lo que satisfaría a su amiga no iba a ser fácil.

–Es diferente a todo lo que he experimentado –dijo por fin–. Nos conocimos en febrero. ¿Te acuerdas que te dije algo de un beso el baile de San Valentín?

Sarah asintió y con su silencio animaba a Margaret a continuar.

–Bueno, pues ahí empezó todo. Acabamos de pasar el fin de semana en San Diego. Ha sido maravilloso.

Entonces, le contó a Sarah detalles del fin de semana que acababa de compartir con Will.

–Vaya –dijo Sarah cuando Margaret hubo terminado–. Me alegro mucho por ti. Te mereces a alguien especial. Has puesto tus necesidades en un segundo plano durante demasiado tiempo. Es hora de que empieces a pensar en ti.

Margaret tragó el sentimiento de culpabilidad que experimentó al escuchar las palabras de su amiga. No era justo engañarla, pero para salvar el trabajo de Jason tenía que ser muy celosa de la verdad.

–Gracias, Sarah. Bueno, ya está bien de hablar de mí. Dime, ¿cómo está tu abuela?

Sarah se echó a reír.

–Ya conoces a la abuela Kat. Es genial. Ya me ha liado para que la ayude a planear su fiesta de cumpleaños para dentro de un par de meses. ¡Como si necesitara ayuda!

Margaret dejó que la conversación de Sarah ocupara la atención y respiró aliviada al ver que había conseguido apartar del centro de la conversación el tema del compromiso de Margaret. Unos minutos después, se dio cuenta de que Sarah parecía estar esperando a que ella respondiera a algo.

–Lo siento, ¿qué has dicho? –preguntó Margaret.

–Disculpas aceptadas. Supongo que estás demasiado ocupada reviviendo ese fin de semana. No puedo culparte. En todo caso, acabo de fijarme en ese tipo de allí. ¿Te resulta familiar? Creo que le conozco de alguna parte.

Margaret miró hacia donde su amiga le había indicado y vio a un alto vaquero que se dirigía hacia el edificio principal. Llamaba la atención entre tantos trajes y no de un modo escandaloso. Ciertamente, había algo familiar en su aspecto e incluso en el modo en el que se movía, pero Margaret no podía concretar más.

–Sé a lo que te refieres –comentó encogiéndose de hombros–, pero no sé de qué. Tal vez tenga un doble en alguna parte. Dicen que todos lo tenemos.

–Sí, claro... –susurró Sarah antes de mirar su reloj–. ¡Dios mío mira la hora que es! Tengo que marcharme. Esta noche empiezo antes mi turno y tengo muchas cosas que hacer antes. Me ha encantado volver a verte. No lo dejes tanto tiempo la próxima vez, ¿de acuerdo?

Margaret abrazó a su amiga. Le habría gustado decirle la verdad, compartirla con la única persona que seguramente la comprendería mejor que muchos, pero sabía que no podía.

–No lo haré. Cuídate.

–Por supuesto –dijo Sarah. Se puso de pie y comenzó a recoger la basura.

–Déjalo. Tú has traído la comida. Lo mínimo que puedo hacer yo es recoger. Gracias por invitarme a almorzar.

–De nada. La próxima vez te toca a ti –comentó Sarah con una sonrisa–. Nos vemos pronto, ¿de acuerdo?

–Claro.

Margaret se despidió de su amiga con la mano mientras que Sarah se dirigía al aparcamiento. Durante un instante, permaneció sentada en el banco. Cerró los ojos. Estar con Sarah había sido una bocanada de aire fresco, pero tenía que regresar al trabajo y a ser la mejor prometida que Will Tanner pudiera desear jamás.

Cuando entró por la puerta principal de su casa, Margaret estaba completamente agotada. Había sido un día muy ajetreado y, desgraciadamente, había echado de menos la presencia de Will en el despacho. Esto le irritaba y le sorprendía. No estaban prometidos de verdad ni significaban nada el uno para el oro.

–¿No vas a salir con el jefe esta noche?

La voz de Jason la sobresaltó.

–No –respondió ella cuidadosamente–. ¿Qué tal te ha ido hoy?

–Tan bien como le puede ir a alguien que tiene cien pares de ojos puestos en cada uno de sus movimientos –replicó con amargura.

Margaret suspiró. Iba a ser así. Había esperado que pudiera pasar una velada agradable con su hermano. Ver una película en la televisión y disfrutar de la compañía del otro tal y como solían hacer. Como era su vida antes de William Tanner.

–Al menos sigues teniendo tu trabajo. Podría ser peor, ¿sabes?

Jason soltó una carcajada que no tenía nada de diversión.

–¿Qué te parece si, por una noche, nos olvidamos de Empresas Cameron? –sugirió ella–. Podríamos sentarnos, pedir algo para cenar y ver alguna película juntos.

–No puedo –dijo Jason mientras se ponía de nuevo la cazadora.

–¿Y eso?

–Tengo que ir a trabajar.

–¿Cómo? Yo habría pensado que…

–¿Qué habías pensado? ¿Que porque estoy bajo supervisión no me quieren allí más de lo necesario?

–Jason, eso no es...

–No me importa lo que pienses, Maggie. En estos momentos, no quiero estar contigo.

Maggie lanzó una exclamación de dolor. Observó cómo Jason cerraba los ojos durante un par de segundos y suspiraba

–Diablos, Maggie, lo siento. No quiero hacerte daño. Es decir, sé que es ridículo sentirse así. Eres mi hermana y me has cuidado mejor de lo que podría haberlo hecho nadie. Me has dado oportunidades que mamá y papá siempre quisieron que yo tuviera. Incluso has dejado la casa tal y como ellos la dejaron. En algunas ocasiones, me parece un tributo a la vida que teníamos antes de que ellos murieran y la mayoría del tiempo me parece bien. Es algo que los dos tenemos en común. Sin embargo, en otras ocasiones resulta asfixiante y en estos momentos, mirándote, viendo el modo en el que has cambiado para él, viendo lo feliz que eres, es más de lo que puedo soportar.

Maggie se acercó a él y le puso una mano en el brazo.

–No tiene por qué ser así, Jason. Es un buen hombre. He visto un lado de él que es diferente del que ve todo el mundo. Es justo y leal.

–¿Justo? ¿Y puedes decir eso después de lo que me ha hecho a mí?

–Jason, yo he visto los informes.

–Claro. Crees un puñado de palabras y de números en vez de creerme a mí.

–No tengo ninguna causa para tener lealtad ciega, Jason –protestó–. Ni siquiera sé si yo conseguí este trabajo por mis propios méritos o porque él quería vigilarme por lo que creía que tú habías hecho.

–Ah, claro. Entonces, eso también es culpa mía. Bueno, hermanita, pues no veo que estés protestando demasiado. Después de todo, mírate. Mírate. Mira lo que llevas puesto ahora. Nunca antes te habríamos visto con esa clase de ropa. Además, ni siquiera conduces ya tu coche.

–¿Estás enfadado conmigo por querer tener buen aspecto? ¿Por necesitar un vehículo que sea más de fiar?

–Siempre has tenido buen aspecto… si alguien se hubiera tomado la molestia alguna de ver de mirar bajo la superficie detrás de la que tú te escondías. No soy estúpido. Sé que lo has hecho deliberadamente y sé que no has cambiado de coche porque hemos estado pagando nuestros préstamos. Sin embargo, ahora estás tan diferente que ni siquiera reconozco a la hermana que hay dentro de ti. ¿Y sabes una cosa? Puedo aceptar los cambios. Incluso puedo aceptar que estés trabajando para ese canalla arrogante, pero lo que más me duele es que lo creas a él y no a mí. A tu propio hermano.

–Jason, te han dado otra oportunidad.

–¿Cuándo lo vas a comprender, Maggie? ¡Yo no hice nada!

Con eso, se dio la vuelta y se dirigió directamente a la puerta principal.

–¡Espera, por favor –exclamó mientras trataba

de impedirle el paso para conseguir que se quedara. Para hacerle comprender–. Te quiero mucho, Jason. Eres mi hermano. Siempre he estado a tu lado, eso ya lo sabes.

–Ya no –dijo él amargamente–, pero cuando te demuestre que tengo razón y que tu maravilloso señor Tanner está equivocado, tal vez vuelvas a creer en mí.

Se marchó con un portazo. Margaret permaneció allí algún tiempo, esperando a que él regresara. No fue así. Jason arrancó su moto y se marchó.

Con piernas temblorosas, Maggie se marchó a su dormitorio y se tumbó en la cama. ¿Tenía Jason razón? ¿Estaba tratando de aferrarse a todo lo que tenían antes de que sus padres murieran que estaba ahogando a su hermano? Se había agarrado a él con todas sus fuerzas para impedir que se lo llevaran a un hogar de acogida.

Miró la pared y observó el mapa del mundo cubierto de alfileres rojos que marcaban todos los países que esperaba visitar algún día y con un único alfiler amarillo el lugar en el que estaba. Vista del Mar, California.

Había sacrificado sus propios sueños de estudios y viajes para asegurarse de que Jason tenía el hogar más estable posible tras el fallecimiento de sus padres. Había renunciado a todo sin pensárselo dos veces o arrepentirse de lo que podría haber hecho con su vida. Lo había hecho porque tenía que hacerlo. Porque necesitaba hacerlo. Porque era lo que sus padres habrían esperado de ella. Porque quería a su hermano.

Por fin, se levantó de la cama y se acercó a la pared. Entonces, muy lentamente, comenzó a retirar los alfileres del mapa. Cuando los hubo quitado todos, los guardó en la caja, quitó el póster de la pared y lo rompió en dos trozos y luego en otros dos. Entonces, y sólo entonces, consiguió librarse de la presión que tenía en el pecho.

No importaba nada. Nada de lo que había hecho nunca. Había fallado a su hermano y en aquellos momentos tenía una relación con un hombre que sólo pensaba en términos de beneficios y pérdidas. Demonios, ni siquiera era una relación de verdad. Era una farsa que estaban representando para que pudiera engañar a su padre y recibir algo que, por derecho, debería haber sido suyo desde el principio.

Margaret sabía que seguiría haciendo lo que hiciera falta para que Will consiguiera lo que era suyo. Le había dado su palabra y eso para ella era algo sagrado. En la última semana, había visto una faceta muy diferente del hombre que todos calificaban como cruel e inflexible. Una faceta que se relacionaba con ella de un modo que jamás había anticipado.

Había compartido intimidades con él durante el fin de semana que jamás había compartido con otro hombre. Había conocido niveles de placer que eran tan adictivos como seductores. Se había sentido especial, como si fuera la mitad de una pareja verdadera.

Arrojó el póster a un rincón de la habitación y

volvió a dejarse caer en la cama sollozando como si el corazón fuera a rompérsele. Un corazón que sabía que pertenecía irrevocablemente a un hombre que no correspondía sus sentimientos. Un hombre cuyo mundo era tan diferente al de ella que, cada vez que entraba en él, se sentía como una princesa de un cuento de hadas.

Sin embargo, el reloj se estaba acercando rápidamente a la medianoche. Cuando Will consiguiera lo que deseaba, ella no le serviría de nada, igual que parecía que ya no le servía de nada a Jason. De repente, su vida se extendía ante ella como un agujero oscuro. Sin las cosas a las que se había anclado, ¿dónde iría? ¿Quién sería?

Todo lo que había hecho hasta aquel momento tenía un propósito. Había tenido un camino que seguir. Se había sentido necesitada. Sin embargo, cuando todo lo relacionado con William Tanner y Empresas Cameron terminara, ¿en dónde se quedaría ella? Por las revistas, sabía que los hombres como él cambiaban de amantes a menudo. Incluso en la última semana se había empezado a hablar en *Seaside Gazette* sobre quién sería la siguiente en adornar su brazo. Las fotos que acompañaban al artículo lo habían presentado con varias de sus anteriores novias, algunas de ellas cotizadas modelos, lo que le rompía el corazón aún más.

Dado a lo que él estaba acostumbrado, ¿merecía la pena esperar que pudiera enamorarse de alguien como ella, tal y como ella se había enamorado de él?

Capítulo Ocho

Will estaba sentado en el escritorio de su despacho. Se reclinó en su silla. Se sentía cansado e irritable después de una noche difícil, por lo que había descartado la posibilidad de dormir y se había marchado temprano al trabajo. La causa de su última noche de insomnio era que Margaret Cole le había llegado muy dentro.

De algún modo, ella había conseguido colarse bajo su gruesa piel. Después de poseerla, quería más. Nunca antes había experimentado una necesidad parecida a la que lo consumía en aquellos momentos. Trató de racionalizarlo, de atribuirlo a la excepcionalidad del largo periodo de tiempo transcurrido desde la primera vez que se vieron en febrero hasta que por fin había estado con ella. La anticipación solía endulzar las cosas, incrementar las expectativas y los placeres que se han de descubrir.

Sin embargo, después de haber tenido relaciones íntimas con Margaret, en vez de sentirse más tranquilo, la anticipación había alcanzado cotas aún mayores. Su intensa conexión física lo había sorprendido profundamente. No se podía negar que juntos hacían arder las sábanas. Margaret era una amante inesperadamente apasionada y generosa. Sus rotundas curvas femeninas lo volvían loco, tanto si estaba vestida como si no.

Sin artificio alguno, simplemente había sido ella misma. Eso suponía una refrescante bocanada de aire fresco en una vida que se había hecho demasiado superficial en los últimos años o, al menos, así había sido como él tenía intención de mantener sus relaciones con el sexo opuesto. Superficiales y libres de compromiso.

Este hecho le llevaba a la pregunta fundamental. ¿Se podía ser tan generoso sin tener algún motivo? Sus relaciones con las personas en los últimos años sugerían que no. Ni siquiera su padre quedaba libre de manipular para conseguir lo que quería. Entonces, ¿dónde dejaba eso a Will con Margaret?

Él la había obligado a lo que estaban haciendo, algo que no le había preocupado lo más mínimo en su momento. Sin embargo, en aquellos momentos, quería que ella estuviera con él porque así lo deseara y no por una lealtad por un hermano menor. ¿Era ella la clase de mujer que sería capaz de llegar tan lejos como para acostarse con un hombre para evitar que su hermano fuera a la cárcel? Él le había dicho que tenía que ser convincente en su papel. ¿Estaría tratando de convencerlo también a él? Si era así, era una magnífica actriz.

Cualquier otro hombre probablemente le diría que simplemente aceptara su buena suerte. No sólo tenía a alguien dispuesto a actuar como su prometida, sino que esa persona estaba también calentándole las sábanas de buena gana.

Estaba consiguiendo exactamente lo que quería, incluso más. Sin embargo, no estaba satisfecho. En lo más profundo de su ser, la culpabilidad lo devoraba por haber obligado a Margaret a hacer algo así. ¿Lo habría hecho sin sentirse obligada a proteger a Jason? Nunca lo sabría.

Estaba empezando a darle dolor de cabeza. Fuera cual fuera el modo en el que observara la situación, la conclusión era la misma. Margaret era una persona muy leal, una cualidad que él respetaba profundamente. Sin embargo, había utilizado esa cualidad en su contra y eso le dejaba un amargo sabor de boca.

Suspiró profundamente y sacudió la cabeza. Sabía que no era lo suficientemente hombre como para dejar que Margaret se marchara de buen grado. Después de haberla probado, no podía renunciar a ella. Además, no se podía decir que ella no estuviera sacando nada de aquella relación. Desde su transformación, se comportaba con más seguridad. Eso se lo había dado él. Le había permitido que descubriera a la mujer que era capaz de ser de verdad.

Sin embargo, por mucho que tratara de convencerse de que el fin justificaba los medios, no lograba conseguirlo.

Le sonó el teléfono móvil. Lo sacó y lo abrió sin comprobar quién le llamaba, algo que lamentó en el momento en el que escuchó la voz de su madre al otro lado de la línea telefónica.

–William, ¿te importaría explicarme cómo es que estás comprometido y se te ha olvidado decírselo a tu familia?

–Mamá, me alegra hablar contigo. ¿Cómo está papá, y tú, por supuesto?

–No creas que vas a poder despistarme, jovencito.

–Ya llevo varios años sin ser jovencito –comentó William con una sonrisa. Fuera cual fuera su edad, su madre seguía hablándole como si acabara de entrar del jardín con la ropa llena de barro y las piernas y los brazos llenos de golpes y arañazos–. Por cierto, mi compromiso también es algo nuevo para mí. No he tenido oportunidad de compartir con vosotros la noticia. ¿Cómo te has enterado?

Su madre mencionó el nombre de uno de los periódicos sensacionalistas que solía leer mientras desayunaba por las mañanas. Will sonrió. Eso significaba que el reportero que los había sorprendido saliendo del teatro el viernes por la noche los había seguido al restaurante y había visto cómo Will le daba a Margaret el anillo de compromiso. La noticia se conocería ya en todo el país. Aquello era lo que había buscado, ¿no? Sin embargo, le habría gustado mantenerlo oculto un poco más y así poder librar a Margaret de la notoriedad que estaría asociada con su compromiso.

–Vaya, no han tardado mucho.

–No importa lo que hayan tardado, William. Tu padre y yo nos sentimos muy desilusionados porque no te haya parecido bien incluirnos en esto. Yo habría pensado que, dadas las circunstancias, habríamos sido los primeros en saberlo.

La desilusión de Olivia Tanner irradiaba a través de la línea telefónica y hacía que Will se sintiera como si tuviera de nuevo ocho años.

–Si ese reportero no se me hubiera adelantado, yo mismo te habría dado la noticia dentro de unas pocas horas –dijo él–. ¿Podré enmendar las cosas si llevo a Margaret para que papá y tú la conozcáis el próximo fin de semana?

–¿Este fin de semana? ¿Puedes venir tan pronto? Por supuesto que nos encantaría conocerla.

El cambio repentino del tono de voz de su madre debería haberle hecho soltar una carcajada, pero sabía que su preocupación provenía del profundo amor que sentía hacia sus hijos.

–Claro, me ha surgido un asunto en Nueva Jersey y tengo que ir de todos modos. No hay razón alguna para que Margaret no me acompañe. ¿Por qué no organizas una de tus famosas cenas para el sábado por la noche e invitas a toda la familia?

–Espero que todo el mundo esté libre avisándolos con tan poco tiempo. Bueno, sea como sea, lo conseguiré. Tomaremos un cóctel a las siete.

–Me parece bien.

–¿Te quedarás en tu apartamento o te gustaría que preparara la invitación de invitados en casa?

Will sonrió. Tenía que admitir que su madre se merecía puntos por esforzarse tanto, pero no iba a dejar que le hincara las garras a Margaret tan fácilmente.

–Creo que esta vez nos alojaremos en un hotel. Es sólo una breve visita. No queremos molestar.

–Entonces, ¿cómo es esta Margaret? Tengo que admitir que me sorprende la velocidad con la que os habéis prometido. Ni siquiera sabía que estabas viendo a alguien.

–No se parece a ninguna mujer con la que haya salido antes. Eso es cierto.

–Me alegro. Esas otras chicas eran muy superficiales, Will. Para tu padre y para mí resultaba evidente que no tenías intención de sentar la cabeza con ninguna de ellas. ¿Qué te atrajo a esta chica?

–No pude evitarlo. Sé que parece un cliché, pero la vi a través de una sala llena de gente y yo…

Will se interrumpió al recordar lo que había sentido al ver a Margaret por primera vez. Incluso con el antifaz, ella le había llamado la atención con su actitud y la belleza que se adivinaba por debajo del disfraz que llevaba puesto. Sintió de nuevo la sorpresa y el anhelo. La necesidad de tomar, de poseer. Esa necesidad no se había aminorado. En realidad, se había hecho mucho más fuerte.

La voz de su madre se suavizó considerablemente cuando volvió a hablar.

–Me muero de ganas por conocerla, Will. Parece encantadora en la fotografía que hay en el periódico.

–Te gustará aún más en persona.

–Bien. En ese caso deberías dejarme marchar para que empiece a organizarlo todo para el sábado. No me has dejado mucho tiempo.

–Mamá, sólo la familia el sábado por la noche –le advirtió–. No quiero que la asustéis.

–No pienso hacer eso. ¿Cómo puedes sugerirlo siquiera?

–Pues no sé... ¿Tal vez por experiencias pasadas?

–Te aseguro que no sé de qué estás hablando, hijo mío. Vaya, mira qué hora es. Tengo que dejarte. Cuídate, Will. Te quiero, hijo.

–Yo también te quiero, mamá. Nos vemos el sábado.

Desconectó la llamada con una triste sonrisa en el rostro. En realidad, sólo querían lo mejor para él. Lo sabía. Sin embargo, resultaba muy frustrante que lo trataran constantemente como a un niño. Y ahí estaba el conflicto con sus padres. Siendo el hijo más pequeño, suponía que les costaba más dejarlo marchar que a los hermanos mayores, un hecho que lo había hecho más rebelde y más independiente desde muy joven. Incluso cuando a su padre le habían ofrecido un puesto con una de las instituciones financieras más importantes de Nueva York y la familia se había ido a vivir a los Estados Unidos desde su casa en Nueva Zelanda, Will había insistido en permanecer allí para terminar sus estudios en la Universidad de Auckland.

Por mucho que quisiera a su familia, aquel tiempo que había pasado solo, sin su bien intencionada interferencia, había sido un regalo de Dios para él. Le había ayudado a tomar decisiones sobre sí mismo y sobre la clase de futuro que quería sin verse influenciado por los sueños que sus padres tenían para él o por los logros de sus hermanos mayores. Esa decisión lo había llevado a trabajar para Rafe Cameron y había terminado por llevarlo a California.

Se sentía feliz con su vida. El trabajo allí en Vista del Mar, comprobando las complejidades financieras de la última adquisición de Rafe, era la clase de desafío al que le gustaba hincar el diente. En cuanto a Margaret Cole, ella era una puerta para la siguiente etapa de su vida. Una relación transitoria que le estaba proporcionando sorprendente gozo y que lo ayudaría a conseguir exactamente lo que quería de su padre.

–¿Que nos vamos a Nueva York? –le preguntó Margaret muy sorprendida.

–Sí. ¿Te supone un problema?

–¿Conocer a tu familia? –replicó ella. Palideció y se dejó caer en la butaca que había frente al escritorio de Will.

–Es natural que quieran conocerte ahora que nuestra relación es de dominio público.

Margaret tragó saliva. Una cosa era fingir que aquel compromiso era real con sus compañeros de trabajo, amigos y Jason y otra muy distinta hacerlo delante de sus padres.

–Pero ellos te conocen. Seguramente se darán cuenta. ¿Y si lo estropeo todo?

Will se levantó de su butaca y rodeó el escritorio. Se inclinó y le levantó el rostro a Margaret hacia el suyo para darle un beso que puso todos sus sentidos patas arriba.

–No te preocupes. Todo saldrá bien. Sólo tienes que ser tú.

Había dicho que sólo tenía que ser ella. Sin embargo, la persona que Will Tanner conocía no era la persona que ella llevaba siendo mucho tiempo. La pelea que había tenido con Jason la noche anterior era prueba de ello.

–¿Margaret?

Ella parpadeó y se dio cuenta de que él había estado hablando con ella.

–Lo siento, ¿qué has dicho?

–Sabes que puedes conseguirlo. Lo único que tienes que hacer es sonreír, ser simpática y convencer a mis padres de que me amas.

Margaret sintió que se le hacía un nudo en el estómago por la tensión. ¿Convencer a los padres de Will de que lo amaba? Después de la tortuosa admisión ante sí misma de la noche anterior, cuando admitió que estaba total y completamente enamorada de él, había esperado poder guardar aquella monumental verdad para sí mismo. Al menos, serviría para protegerse cuando él se marchara y regresara a su vida en Nueva York y ella se quedara allí para recoger los trozos en solitario.

Fingir que lo amaba sería la menor de sus preocupaciones aquel fin de semana. Le preocupaba más lo que haría si él se diera cuenta de la verdad de su estado emocional.

Asintió.

–Claro que puedo hacerlo. Después de todo, me estás pagando muy bien para realizar el trabajo para el que me has contratado. Puedes contar conmigo.

Aquellas palabras le dieron la fuerza que necesitaba en aquel momento.

–Mis padres no son ogros –dijo él con una triste mirada en el rostro–. No hay necesidad de tener miedo. Yo estaré conmigo.

–Lo sé. Es que me ha sorprendido. Hemos estado tan ocupados aquí que no me había parado a pensar en la posibilidad de conocer a tu familia.

–Se ha presentado la oportunidad y me pareció que lo mejor sería aprovecharla. ¿Has estado antes en Nueva York?

–No. De verdad. No he estado en ningún sitio más allá de Anaheim cuando era una niña para visitar Disneyland.

De pasada, Margaret pensó en el mapa que había destruido la noche anterior en su dormitorio. Nueva York había sido uno de los lugares que tenía marcados. Uno de los primeros alfileres que había clavado cuando viajar era uno de sus grandes sueños. Bueno, si no sacaba nada más de todo aquello, al menos tendría aquel viaje como recompensa.

–En ese caso, tendremos que conseguir que tú disfrutes –dijo Will–. Te mostraré la ciudad.

–Me gustaría –afirmó ella. Tomó la decisión de disfrutar de cada momento de aquella inesperada sorpresa del viaje a Nueva York.

Los dos días siguientes pasaron muy rápido para Margaret. Will pasó mucho tiempo en reuniones con Rafe Cameron, reuniones que duraban hasta por la noche. Le sorprendía que aquellas largas reuniones no tuvieran como consecuencia mucho trabajo para ella. Habría pensado que tendría que redactar resúmenes o informes, pero no fue así. Se aseguró de que todo su trabajo estuviera al día para poder marcharse a Nueva York sabiendo que, a su regreso, no tendría trabajo atrasado.

Como con San Diego, Will se ocupó de todo lo referente a Nueva York. Sugirió que se marcharan temprano el viernes por la mañana. Con la diferencia horaria entre el este y el oeste, llegarían a JFK a primera hora de la tarde, a tiempo para ver un poco de la ciudad antes de la puesta del sol.

Will fue a recogerla a su casa antes de que amaneciera. Margaret sintió una gran excitación mientras sacaba su maleta y cerraba la puerta a sus espaldas. Iba a viajar en avión por primera vez en su vida y, a pesar de que era muy temprano, se sentía llena de energía.

–¿Tienes todo lo que necesitas? –le preguntó Will mientras le agarraba la maleta.

–Creo que sí.

–Hay algo de lo que te has olvidado.

–No. Creo que tengo todo –dijo Margaret mientras repasaba mentalmente todo lo que llevaba en la maleta.

–Esto –replicó Will mientras se inclinaba para besarla.

Como siempre, el cuerpo de Margaret cobró vida. Él sabía a una agradable combinación de menta y café recién hecho. Le devolvió el beso con todo el fervor y el abandono que llevaba conteniendo desde su fin de semana en San Diego. Lo había echado de menos, estar con él en todos los sentidos de la palabra. Los breves instantes que habían compartido en la oficina habían incrementado el hambre que sentía de él.

Will rompió el beso y apoyó la frente sobre la de ella. Tenía la respiración entrecortada y el corazón le latía con fuerza en el pecho.

–Creo que debería haber pedido el avión de la empresa para este viaje. Al menos, habríamos tenido un poco de intimidad durante el vuelo –susurró.

–Te he echado de menos esta semana –respondió ella.

–Te prometo que te compensaré –afirmó él. Entonces, volvió a besarla antes de tomar la maleta y llevarla al coche que los estaba esperando.

El chófer descendió del coche y guardó la maleta en el maletero mientras que Will abría la puerta para que ella se montara en el coche. Cuando los dos estuvieron acomodados en el asiento trasero, Maggie agradeció el calor que hacía en el interior del vehículo y el que emanaba del cuerpo de Will, pero se mantuvo recta y rígida. Por mucho que deseara acurrucarse contra él, no estaba segura de su situación con Will para poder hacerlo. Incluso después del último fin de semana, donde habían conquistado parte de la distancia física que había entre ellos, Maggie seguía sintiéndose incómoda rompiendo las barreras invisibles que él había erigido entre ellos.

El tráfico no era aún demasiado pesado, por lo que realizaron el trayecto hasta el aeropuerto de San Diego sin problemas, al igual que la facturación. Margaret abrió los ojos muy sorprendida cuando el personal de cabina los llamó por sus nombres y les mostraron sus asientos en primera clase. Will le cedió el asiento junto a la ventana antes de colocar su maletín en el compartimiento superior.

Cuando se sentó, ella se volvió para mirarlo.

–¿Primera clase? –susurró.

–¿Y por qué no? –replicó él–. Es tu primer vuelo, ¿no?

Margaret sacudió la cabeza y observó al hombre que le había dado tanto en un periodo de tiempo tan corto. Él jamás comprendería lo mucho que aquello significaba para ella. Para él, viajar así era lo habitual, pero para ella era algo que sólo había podido soñar hasta aquel momento. Se reclinó sobre su asiento y miró por la ventana. De repente, las lágrimas le nublaron la vista.

¿Cómo sería Will con la mujer de la que estuviera de verdad enamorado? Seguramente, le entregaría el mundo en bandeja de plata. Fuera ella quien fuera, sería la mujer más afortunada del planeta. A Margaret le habría gustado tanto serlo…

Capítulo Nueve

Un chófer discretamente uniformado los estaba esperando con un cartel en el que aparecía el nombre de William. Antes de que Margaret se diera cuenta, el hombre los acompañó a una reluciente limusina que no tardó en unirse a los vehículos que salían del aeropuerto en dirección a la ciudad.

Will era un guía excelente. Le iba señalando los puntos de interés por los que pasaban. Sólo tardaron una media hora y Margaret se sintió completamente encantada cuando se detuvieron delante de un elegante hotel en la calle 55 Este.

Mientras que Will la ayudaba a descender del coche, ella dijo:

–Te gusta la arquitectura clásica, ¿verdad? Primero el hotel en San Diego y ahora este.

–Échale la culpa a mi sólida educación neozelandesa –comentó él–. Mis padres se aseguraron de que de niños tuviéramos todo lo que necesitábamos, pero nada de lujos, al menos no hasta que fuimos mayores y se podía confiar en que no rompiéramos nada. Por eso me gusta alojarme en lugares como este.

–¿Y no tienes casa aquí en Nueva York?

–Sí, tengo un apartamento, pero dado que sólo

vamos a pasar unas cuantas noches aquí, no vi razón para que lo airearan cuando podíamos alojarnos aquí.

Margaret asintió. Entendía lo que Will le había dicho, pero le habría gustado ver dónde vivía. No revelaba mucho sobre sí mismo en un día de trabajo y dejaba ver sólo el control que había precedido a su llegada durante la absorción de Industrias Worth.

Incluso en la cama a Maggie le parecía que él ocultaba algo. Suponía que no era de extrañar dado que la atracción que existía entre ellos, al menos por parte de Will, era sólo física.

Se registraron en el hotel y los llevaron a su suite. La suite era muy lujosa. Margaret no pudo dejar de mostrar su asombro por los muebles y la decoración. Will la observaba de un modo que le hacía sentirse ingenua y poco experimentada, pero, si lo pensaba bien, sería una pena que, algún día, tales delicias fueran habituales para ella. Por supuesto, eso no ocurriría nunca, se recordó mientras se miraba en el espejo del opulento cuarto de baño. No. Tenía que aprovechar al máximo todos los segundos que pasara en aquel lugar. Todos los segundos que pasara con él.

Después de refrescarse un poco, Will y ella volvieron a bajar en el ascensor. En la calle había personas por todas partes. Trabajadores al final de su jornada laboral y turistas que contemplaban la ciudad con el mismo asombro que Margaret sabía que tenía dibujado en el rostro.

–¿Te dan miedo las alturas? –le preguntó Will mientras le agarraba por el codo y la llevaba hacia la Quinta Avenida.

–No. ¿Por qué?

–Pensé que podríamos empezar con tu presentación de la ciudad de Nueva York con una vista general desde el Empire State Building.

–¿De verdad? ¿Es como en las películas?

–Supongo que depende de la película, pero sí. Vamos. Te lo mostraré. ¿Qué prefieres, andar o ir en taxi?

–Andar, por favor.

–Entonces, andaremos.

Margaret se sorprendió de que tardaran menos de media hora en llegar a su destino. A lo largo de la Quinta Avenida, su atención se había visto atrapada por los maravillosos escaparates y los increíbles edificios. Tras pasar el control de seguridad, Will compró las entradas y siguieron a un grupo de personas hasta los ascensores que los llevarían a la planta 80. Margaret tuvo que sujetarse el estómago cuando el ascensor empezó a subir.

–¡Vaya! –exclamó, riendo, aunque algo nerviosa–. Esto hace que los ascensores del trabajo sean más lentos que una tortuga.

–Pues hay que tomar otro más, hasta la planta 86, a menos que prefieras tomar las escaleras.

–No. Estaré bien.

Will sonrió y le agarró la mano mientras se unían a la fila que esperaba para tomar los ascensores que los llevarían a lo más alto del rascacielos.

–Dios mío… –susurró cuando se bajaron del ascensor y se dirigieron hacia el mirador–. Sabía que sería algo especial, pero esto… esto es realmente algo de otro mundo.

La ciudad se extendía hasta donde alcanzaba la vista como si fuera una manta de color, textura y luz intercalada por agua y puentes.

–Es enorme…

–A mí nunca deja de sorprenderme –comentó Will mientras se colocaba detrás de ella para rodearle la cintura con los brazos.

La calidez del cuerpo de Will contra su espalda era más que bienvenida. Sólo sentirlo a sus espaldas le daba sensación de seguridad. Aunque estaban rodeados por otros turistas, ella se sentía como si hubieran estado solos. Se apoyó contra la sólida fuerza de Will y gozó con aquel instante, que atesoraría para siempre. Aquella experiencia era algo que no olvidaría mientras viviera.

Se pasaron casi una hora en el mirador, observando la ciudad. Desde allí arriba, nada parecía real, como si lo que ocurriera abajo fuera otro mundo.

El sol había empezado a ponerse y había comenzado a cubrir la ciudad de sombras. Will le recordó que el tiempo del que disponían juntos era muy breve y que había aún muchas cosas que ver.

A Will le resultó muy refrescante el modo tan abierto en el que Margaret disfrutaba de la ciudad.

Maggie mostraba una alegría incontenible por todo lo que estaba experimentando. Verla así, tan diferente de la fría y compuesta asistente que trabajaba para él en su despacho, le hizo darse cuenta de lo lejos que la había sacado de su zona de control con aquel viaje. Este hecho le hizo querer ver más de aquella faceta. Quería ser el que le mostrara más de todo.

Se pregunto qué pensaría ella de sus padres. Su madre se sentía muy orgullosa de la casa de Manhattan en la que vivían. Siempre le había gustado el bullicio de la gran ciudad, incluso cuando vivían en Nueva Zelanda, pero había tolerado las zonas residencias para que sus hermanos y él tuvieran un lugar en el que jugar. Cuando sus hermanos se graduaron en el instituto, se mudaron a un lujoso edificio de apartamentos en Auckland aunque él aún no había terminado la educación secundaria. Con la mudanza a Nueva York, su madre había encontrado su hogar espiritual. Jamás había echado de menos lo que habían dejado atrás.

Sintió que Margaret temblaba un poco bajo su brazo. La temperatura había bajado mucho, lo que le recordó que, aunque él estaba acostumbrado al clima de Nueva York, ella no. El abrigo que llevaba puesto no servía de mucho para engañar al frío, por lo que detuvo un taxi y pidió que los llevara a su siguiente destino. Si había disfrutado con el Empire State, no tenía ninguna duda de que Margaret también se sentiría encantada con lo que iba a mostrarle a continuación.

Times Square por la noche era algo digno de ver. Por el gesto que se reflejó en el rostro de Margaret, ella pensaba precisamente eso.

–¿Qué diablos hacen cuando cortan la luz? –preguntó mientras observaba un luminoso tras otro.

Will se encogió de hombros y cambió de tema.

–¿Tienes hambre? Nos hemos saltado el almuerzo y yo me muero de hambre.

–Vale, pero nada elegante, ¿de acuerdo?

Will conocía el lugar que más le gustaría. El pequeño e íntimo restaurante griego que él frecuentaba en la zona de los teatros era la solución perfecta para lo que ella quería y lo que él deseaba. No era caro, era informal y Will sabía que ella disfrutaría del ambiente, por no mencionar la deliciosa comida. Sin embargo, cuando estuvieron sentados y estaban disfrutando de los entrantes, Will vio que ella estaba empezando a sentirse muy cansada.

–¿No me dirás que estás cansada? –bromeó.

–Han pasado tantas cosas hoy. Tantas primeras veces. De verdad, no tienes ni idea.

No. Era cierto. Había muchas cosas de Margaret que él no sabía y tanto que ella también desconocía sobre él, detalles que podrían ser necesarios para ayudarlos a superar una cena con la familia de Will.

–¿Te apetece que charlemos un poco? –sugirió.

–Claro. ¿De qué quieres hablar?

–De mañana por la noche.

–Ah, sí. Claro –dijo ella irguiéndose con gesto incómodo en la silla–. Sé que dijiste que tan sólo tenía que ser yo, pero, ¿de verdad crees que lo haré bien? Estoy segura de que no me parezco en nada a tus otras no…

–Lo harás bien –le interrumpió él. No quería pensar siquiera en las demás mujeres cuando estaba con ella–. No será en absoluto diferente del trabajo. Si nos mantenemos tan cerca de la verdad como sea posible. Nos conocimos en el baile en febrero, tuvimos una relación discreta hasta que nuestros sentimientos nos superaron y nos dejamos llevar. Mi padre trabaja en las finanzas, pero es un romántico incurable. Estará encantado de ver que me he comprometido.

–¿Y tu pasado? Ya sabes. Colegios, aficiones, cosas que debería saber sobre ti…

–Dado que no hace tanto tiempo que nos conocemos, creo que se sentirán satisfechos con lo que ya sabes de mí. Después de todo, se supone que tenemos el resto de nuestras vidas para conocer nuestros mutuos secretos.

Margaret hizo girar el vaso sobre la mesa.

–¿No te preocupa que los estemos mintiendo?

Will se tensó.

–Me preocupa tener que hacerlo –dijo fríamente.

Margaret extendió una mano y se la colocó sobre el muslo debajo de la mesa.

–Lo siento. No quería enojarte.

Él colocó la mano encima de la de ella antes de hablar.

–No estoy enojado contigo, sino con la situación. Me estás ayudando y te lo agradezco –susurró–. Mira, sé que no nos hemos embarcado en esto de la manera más amistosa o agradable, pero tú no eres feliz, ¿verdad?

–No. Estoy bien. De verdad. Te agradezco que te pensaras lo de Jason. Sólo siento que la situación llegara a ese punto, pero sobre el modo en el que lo nuestro se ha desarrollado, bueno, yo preferiría pensar que eso es algo diferente a lo que nos ha unido –dijo. Durante un instante, pareció muy triste, pero luego lo miró con calidez–. ¿Podemos volver ahora al hotel?

Will sintió un calor que se le extendía por todo el cuerpo al interpretar aquella mirada. Continuarían su conversación más tarde. Mucho más tarde.

En el breve trayecto en taxi que les separaba del hotel, Margaret se peleó con sus pensamientos. Will se había mostrado muy atento todo el día y, una vez más, ella se había dejado llevar por la fantasía de que eran pareja. Una pareja de verdad. Necesitaba contenerse. Dejar de esperar que ocurriera lo que no podía ser. Tal vez no estuviera con él del modo que deseaba, pero aprovecharía todo lo que pudiera conseguir.

Entraron en la suite y Will cerró la puerta.

–¿Te apetece beber algo? –le preguntó mientras se dirigía al minibar.

–No. En realidad, sólo hay una cosa que deseo en estos momentos...

Maggie se acercó a él mientras se quitaba el abrigo y lo dejaba sobre una de las sillas.

Will sonrió.

–¿De verdad? –replicó él. De repente, la voz se le había teñido de deseo.

–Sí y creo que tú eres el hombre que puede dármelo –bromeó mientras le recorría el torso con las manos.

Bajo el grueso jersey, Maggie sintió los potentes músculos de Will. Le deslizó los dedos hasta los hombros antes de anudarlos detrás de su nuca y tirar de su cabeza hacia la de ella. Tanto descaro la sorprendió, pero había llegado su momento de hacerse con el control.

Le trazó la línea de la mandíbula con la punta de la lengua antes de apretar los labios contra los de él. Will la estrechó contra su cuerpo con todas sus fuerzas y le hizo saber sin duda alguna lo mucho que la deseaba. Dicho conocimiento le dio a Margaret licencia para hacer lo que quería y disfrutó plenamente con aquel poder.

Su cuerpo entero vibraba de necesidad hacia él. Maggie se moría de ganas por sentir la piel de Will contra la suya. De mala gana, se separó de él, aunque sólo para agarrarle la mano y tirar de él hacia el dormitorio, donde lo empujó sin muchos miramientos sobre la lujosa cama. No tardó en reunirse con él y comenzó a besarlo de nuevo, en aquella ocasión aspirando con fuerza el labio inferior hacia el interior de su boca y acariciándoselo con la lengua. Will gruñó de placer mientras apartaba la blusa que ella llevaba puesta y comenzaba a acariciarle la espalda antes de deslizarle las manos por la piel para agarrarle el trasero y apretarlo contra su propio cuerpo.

Una corriente eléctrica de sensaciones la empujó a flexionarse contra él, contra la firme columna de su deseo. Ansiosa por repetir las sensaciones, Margaret se abrió de piernas y se incorporó, dejando que fuera la entrepierna el único vínculo con el cuerpo de Will. Entonces, lo miró y sonrió.

Él le agarró los muslos y la hizo moverse encima de él.

–Me estás matando –susurró.

–Lo sé… ¿No te parece genial? –bromeó ella.

Se llevó los dedos a los botones de la blusa y se los abrió uno a uno antes de despojarse de la prenda. Llevaba puesto uno de sus nuevos sujetadores, uno que había elegido ella misma con un descaro que jamás la había poseído antes. Nunca se había sentido cómoda con su cuerpo, pero cuando se probó aquel sujetador, se había sentido increíble. El encaje de color café con leche, aplicado sobre raso negro, despertaba un lado decadente que jamás había sabido que existiera. El corte de la prenda era perfecto. Dejaba al descubierto gran parte del seno, tapando casi exclusivamente los pezones.

–¿Te gusta? –le preguntó.

Will deslizó los dedos sobre el encaje, haciendo que aquel breve contacto la torturara de puro placer. Estuvo a punto de tocarle el pezón y ella se echó a temblar de placer.

–Me gusta mucho –gruñó Will–, pero me gusta más lo que hay dentro.

Antes de que ella pudiera detenerlo, Will le desabrochó el sujetador y se lo quitó, para dejarla completamente desnuda a su ansiosa mirada.

–Sí... Así está mucho mejor.

Will se incorporó debajo de ella para agarrarle los pechos con las manos y enterrar el rostro entre ellos. Margaret sintió el calor del aliento de Will contra la piel y echó la cabeza hacia atrás, arqueando la espalda para no ocultarle nada. Él trazó la línea de un pezón con la lengua mientras que apretaba el otro entre los dedos. Las sensaciones que ella experimentó creaban una intensidad que se dirigía al centro de su deseo. Ya no tenía sentimiento alguno de vergüenza o reparo sobre su cuerpo. En vez de eso, lo único que sentía era la abrumadora sensación de que aquello era lo correcto.

Y quería más.

De algún modo, consiguió encontrar la capacidad para agarrar la parte inferior del jersey de Will y comenzó a tirar de él. De mala gana, Will la soltó para dejar que ella lo despojara tanto del jersey como de la camisa que llevaba puestos. Margaret sintió que temblaba cuando ella le arañó ligeramente los hombros y el torso.

La abrazó con fuerza y Margaret contuvo el aliento al sentir la cálida piel de Will contra la suya. La deliciosa presión del torso contra los senos. Él le mordía delicadamente la sensible piel del cuello y hacía que ella se abrazara con fuerza a él y que le clavara las uñas como resultado del profundo deseo que había cobrado vida dentro de ella y que amenazaba con consumirla.

Will le cubrió el cuello y los hombros de besos y le volvió a colocar las manos una vez más sobre los senos. Le encantaba sentir los fuertes dedos de él sobre su cuerpo. Le encantaba el modo en el que él le hacía sentirse…

Le encantaba él.

Lo amaba.

Tal vez nunca podría decirle la verdad de sus sentimientos, pero podría demostrárselos con cada caricia, con cada gesto. Le colocó las manos sobre los hombros y lo empujó sobre la cama. Entonces, se tumbó encima de él. Sus labios encontraron los de él y se unieron a ellos. Las lenguas bailaban una danza sagrada de mutua adoración.

Ella se obligó a romper el beso para retirarse un momento y ocuparse del cinturón y los vaqueros de Will. Los dedos de él se enredaron con los de ella.

–No. Déjame –le ordenó ella.

Los ojos de Will se nublaron por el deseo. Maggie no tardó en dejar al descubierto los bóxer y la prominente erección que se estiraba contra el algodón. Ella le acarició a través de la tela y sintió cómo se tensaba. Con tanta gracia como pudo, se bajó de la cama y le quitó las botas y los calcetines para luego tirar de los vaqueros y los calzoncillos.

Era magnífico. Durante un instante, Maggie se limitó a admirarlo allí, tumbado sobre la cama. Era suyo. Muy pronto, la necesidad se apoderó de ella y se quitó rápidamente sus zapatos para después despojarse de los pantalones y las braguitas.

Aunque sólo había pasado una semana desde la primera vez que la vio desnuda, la profunda belleza del cuerpo de Maggie volvió a quitarle el aliento. Desde la cascada de brillante cabello negro que le caía por los cremosos hombros, hasta la deliciosa plenitud de los pechos. Desde la estrecha cintura hasta las femeninas caderas. Era una verdadera mujer. ¿Sería así cada vez que hicieran el amor? ¿Sentiría el mismo asombro y admiración por la perfección de su cuerpo?

Contuvo el aliento cuando ella volvió a sentarse sobre él a horcajadas. La suave piel del interior de sus muslos era como seda. El calor que emanaba de su feminidad lo atraía. Cuando le agarró con fuerza su potente erección, él agarró la colcha y la retorció tanto como se lo permitió en un intento por resistir la necesidad de moverse entre sus dedos.

Ella lo estaba volviendo loco con sus caricias. Entonces, se inclinó hacia delante y el cabello le acarició la piel, tan suave y tan fino como un suspiro. Podría haberse dejado llevar allí mismo por el efecto tan intenso que ella ejercía sobre él, pero la gratificación inmediata jamás había sido lo suyo. No. Era mucho mejor prolongar el éxtasis, disfrutar del placer tanto como fuera humanamente posible antes de entregarse a lo inevitable.

Will cuestionó su resolución cuando sintió la boca de Maggie contra la punta de su masculinidad. Sintió cómo la lengua se deslizaba por la ultrasensible superficie de su piel. Una y otra vez. Ella lo acogió más profundamente en la caldeada caverna de su boca mientras movía firmemente la mano. Will supo sin ninguna duda que ya no estaba a cargo de su cuerpo. Jamás se había entregado tan completamente a nadie. Siempre había ejercido un cierto nivel de control y había elegido cuándo dejarse llevar, pero aquello era completamente diferente. Margaret tenía en su poder el placer de Will. Resultaba excitante y aterrador al mismo tiempo.

A medida que ella incrementó la presión de la mano y de la boca, él sintió que el clímax iba formándose dentro de él fuera de control, apartando pensamientos y reemplazándolos con el conocimiento total de que lo que viniera a continuación sería más grande, mejor y más brillante que nada de lo que hubiera conocido antes. Cada nervio de su cuerpo estaba preparado para la intensidad del placer que se estaba formando en su cuerpo. El placer que ella le daba.

Entonces, estalló dentro de él, pulso a pulso, empuje a empuje, cada uno más fuerte que el anterior. Un grito de placer se le escapó de la garganta y un profundo goce se apoderó de cada célula de su cuerpo, infundiéndole una impagable sensación de bienestar. Agarró a Margaret y la tomó entre sus brazos. Alineó el cuerpo de ella con el suyo y dejó que el negro cabello le cubriera torso y hombros con su aterciopelad suavidad.

Las palabras no podían describir adecuadamente cómo ella le había hecho sentir o lo profundo de su confusión en lo que se refería a ella. Fuera del dormitorio, era una mujer seria y compuesta, que se comportaba con una aire de tranquila eficacia, como si se moviera en un mar de tranquilidad. Sin embargo, en el dormitorio, era algo completamente diferente. Y esa lencería... Sintió la tentación de pedirle que volviera a ponérsela tan sólo para poder volver a quitársela una y otra vez.

Le acarició la espalda justo por encima del redondeado trasero. A pesar de la intensidad de su clímax, sentía que su cuerpo volvía a cobrar vida y aquella vez gozaría con el hecho de que sería él quien le proporcionara placer.

Continuó explorando lentamente su cuerpo.

–Tienes la piel muy suave –murmuró–. Me hace desear besarte por todas partes...

–¿Y qué te lo impide? –respondió ella con una lenta sonrisa.

–Absolutamente nada –contestó él. Se inclinó hacia delante para capturar aquella sonrisa con los labios antes de mordisquearle de nuevo el cuello e inhalar el dulce y embriagador aroma de su piel.

Decidió que nada en el mundo podía igualarse a ella. Cuando un hombre pasaba las señales de advertencia que ella emitía, descubría las muchas capas que la convertían en la mujer que era y los regalos que podía ofrecer a un hombre como él, un hombre que estuviera dispuesto a llevarla al borde del placer, un hombre que pudiera adorarla tal y como ella se merecía.

Le trazó el cuello con la lengua y sonrió cuando ella dejó escapar un suave gemido. A continuación, siguió la línea de la clavícula, justo desde debajo del hombro hasta llegar a la base de la garganta. Bajo él, Margaret se retorcía y se apretaba contra la colcha, ofreciéndole orgullosamente los senos. Como no estaba dispuesto a desperdiciar oportunidad alguna, Will recorrió uno de ellos con la lengua, recorriéndolo en espiral hasta llegar al abultado pezón.

La respiración de Margaret se fue haciendo más entrecortada a medida que él llegaba a su objetivo. Se detuvo durante unos segundos mientras que él detenía la boca sobre la rosada punta.

–Por favor... –suplicó ella.

–Tus deseos son órdenes para mí –replicó Will.

Sopló suavemente sobre el erecto pezón y luego lo delineó suavemente con la punta de la lengua. Ella se arqueó aún más hasta que por fin consiguió que él le diera lo que deseaba. Se introdujo el pezón en la boca y lo chupó con fuerza.

Maggie gritó de placer mientras que le hundía los dedos en el cabello y le sujetaba la cabeza. Tal extrema sensibilidad empujó aún más su cuerpo, pero Will se controló. Aquella vez, sólo importaba ella.

Alivió la presión de la lengua y transfirió la atención de su boca al otro pezón. Una vez más siguió el mismo camino en espiral. Una vez más sintió cómo el cuerpo de Maggie se tensaba, cómo se arqueaba su espalda hasta que él, por fin, cedía y le entregaba su boca.

Maggie estaba al borde del orgasmo tan sólo por lo que él le había hecho en los pezones. Había oído hablar de ello, pero jamás lo había experimentado con una mujer. El modo en el que ella respondía, su abandono, tensaba aún más el control que estaba ejerciendo sobre su cuerpo, pero centró de nuevo su atención en ella. Comenzó a moldearle los senos con una reverencia que jamás había experimentado antes.

El orgasmo de Maggie, cuando llegó, le puso rígido el cuerpo entero. Will descansó la cabeza un instante sobre los senos de ella y sintió cómo la rápida respiración volvía muy pronto a la normalidad.

–Yo jamás había hecho eso antes –dijo ella, asombrada.

Le colocó las manos sobre los hombros y le acarició suavemente la piel. Para Will, cualquier caricia que viniera de Maggie lo volvía loco. Se colocó encima de ella de manera que estuvieron cara a cara. Maggie le colocó las manos sobre la espalda y se las fue deslizando hasta llegar al trasero. Aquella ligera caricia lo excitó profundamente.

–¿Te apetece? –le preguntó.

Maggie lo pensó unos segundos antes de que una sonrisa le iluminara el rostro.

–Sí, completamente...

–Bien. En ese caso no nos detengamos ahí.

Will agarró la caja de preservativos que había colocado bajo la almohada antes de que se marcharan a ver Nueva York y la abrió. Los paquetes cayeron sobre la colcha.

–¿Tantos? –comentó Maggie.

–Tan pocos –bromeó él.

Agarró uno de los preservativos y abrió el envoltorio. Se lo colocó y volvió inmediatamente a los brazos de Maggie. Se colocó con las rodillas sobre la cama y le levantó las caderas hacia su cuerpo para luego colocar las piernas de Maggie sobre sus muslos.

La punta acarició la húmeda entrada de su cuerpo. Apartó la mirada del lugar en el que se unían sus cuerpos y le miró el rostro mientras la penetraba. Ella se tensó, lo que le hizo dudar un instante, que ella aprovechó para relajarse y aceptarlo. El control que él tuvo que ejercer hizo que el sudor le cubriera la espalda. Entonces, se hundió en ella por completo.

El rubor cubrió el pecho de Maggie mientras se movía debajo de él, animándole en silencio a que continuara. Entreabrió los labios cuando él se retiró para luego volver a penetrarla.

–Más –susurró ella–. No pares...

Completamente decidido a darle placer, Will comenzó a moverse dentro de ella. Al principio lo hizo lentamente y luego fue incrementando la presión hasta que sintió que se iba a romper en mil pedazos. Las manos de Margaret le agarraban con fuerza los antebrazos. Le clavaba las uñas en la piel a medida que él acrecentaba la velocidad. La respiración se fue haciendo cada vez más entrecortada, con gritos de placer, hasta que su cuerpo sufrió un espasmo y ella se dejó ir con un sonido de satisfacción. Sus sonidos, el tacto de su piel, la fuerza de su orgasmo empujaron a Will hacia el abismo y más allá. Sus caderas se convulsionaron en el momento en el que el éxtasis de Maggie fluía a través de él y lo obligaba a entregarse a las sensaciones.

A entregarse a ella.

Capítulo Diez

Iban en el ferri de vuelta de la Estatua de la Libertad. Margaret aún se sentía perdida en las sensaciones de gozo que habían explorado juntos. Si Will le hubiera sugerido que dejaran de visitar la ciudad y se quedaran en la suite del hotel durante el resto del día, a ella no le habría importado.

Habían dormido poco durante la noche y parte de aquella mañana. Entre un sueño y otro, los dos habían disfrutado de sus cuerpos de todas las maneras que ella podría haber imaginado. Habría pensado que el deseo que sentía hacia él habría disminuido con el tiempo, pero cada vez lo deseaba más. Incluso en aquellos momentos, acurrucada contra él, el cuerpo le vibraba con energía contenida.

Su asombro por el increíble monumento que acababa de visitar palidecía en comparación a lo que sentía cada vez que él la tocaba. Tanto si era una caricia íntima directamente sobre el clítoris, como precursora de un nuevo orgasmo, como si era algo tan sencillo como apartarle un mechón de cabello de la mejilla, cuando Will la tocaba ella ardía instantánea e irrevocablemente por él.

Will bajó la cabeza y le dio un beso en la sien.

–¿Estás disfrutando del día?

–Mucho –dijo ella con una sonrisa.

–Tengo algo más planeado para ti.

–Espero que sea algo que también te implique a ti.

–Esta noche, sí, pero cuando regresemos al hotel tendré que dejarte durante un par de horas.

–¿Podría acompañarte? –preguntó Margaret, aunque intuía la respuesta.

–Esta vez no. Es sólo por negocios. No debería tardar más de un par de horas.

–¿Negocios en sábado?

–No se puede evitar.

Margaret estudió su rostro. Era como si él se hubiera convertido en otra persona. Will Tanner el ejecutivo, no el amante que tan fácilmente la había llevado a un estado de frenesí en tantas ocasiones a lo largo de la noche.

–Si se trata de negocios, ¿por qué no puedo acompañarte? –insistió ella.

–Por lo que tengo planeado para ti. No quiero que te aburras. No te preocupes de nada más que de ser la prometida perfecta –dijo él. Se llevó la mano izquierda de Maggie a los labios y le besó con fuerza el dedo anular.

Con lo de que tuviera el mejor aspecto posible, Will se refería evidentemente a su físico. Cuando la dejó frente al spa del hotel le quedaban cuatro horas antes de que tuvieran que marcharse al apartamento de los padres de William. ¿Acaso no confiaba en que pudiera presentarse bien ante su familia? Aquel pensamiento nubló un poco la felicidad que la había envuelto durante el último día y medio.

El irrefutable recordatorio de que su relación era una farsa, a pesar de la afinidad física que había entre ambos, era una llamada de atención muy necesaria. Ella estaba representando un papel y tendría que tener el mejor aspecto posible para llevarlo a cabo. Desgraciadamente, ella ya había arriesgado más de lo que había pensado al enamorarse de él.

Bien. Si quería una mujer pulida y perfecta, eso era exactamente lo que iba a tener. Margaret trató de contener su desilusión, pero no le resultó fácil. Después de que la depilaran, la masajearan y la maquillaran, se sintió aún más tensa.

A pesar de la certeza de Will de que podrían llevar a cabo su mentira delante de su familia, Maggie se sentía casi a punto de vomitar. Ni siquiera la copa de champán francés que le habían ofrecido mientras le hacían la pedicura había conseguido aplacar sus nervios.

¿Y si su familia la odiaba sólo con verla? Él no estaría más cerca de su objetivo. Peor aún. ¿Y si la adoraban? ¿Esperaría Will que mantuvieran su engaño aún más tiempo? Su corazón ya estaba demasiado enganchado. Sabía que no iba a poder alejarse de él sin sufrir. Sin embargo, sabía también que quedarse con él durante más tiempo resultaría aún más dañino. A pesar de todo, una parte de su ser no dejaba de aferrarse a la distante posibilidad de que lo que había entre ellos pudiera hacerse real. Que el cuento de hadas fuera auténtico.

Cuando Will entró en la suite diez minutos antes de que tuvieran que marcharse, Maggie seguía sin estar segura de poder cumplir con su cometido aquella noche. Mientras él se duchaba, ella le preparó la ropa que él le había dicho que se iba a poner. Will salió del baño seguido de una nube de vapor y el inimitable aroma que Maggie asociaría con él para siempre.

Se sentó en la cama y observó cómo él se preparaba. Entonces, le pareció una ironía que a ella le hubiera dado cuatro horas para prepararse para aquella noche y que él se conformara sólo con diez minutos.

–¿Qué tiene tanta gracia? –le preguntó él mirándola a través del espejo mientras se colocaba la corbata.

–Bueno, que te pareció que yo necesitaba mucho tiempo para prepararme para esta noche.

–¿Disfrutaste en el spa? Yo pensaba que a todas las mujeres les gustaba que las mimaran físicamente.

–Claro que me gustó, pero no pude dejar de preguntarme cuánto trabajo te pareció que yo necesitaba.

Will la agarró del brazo y la acercó contra su cuerpo.

–¿Tanto te preocupa eso?

–Bueno, no puedo decir que eso me preocupe, pero...

–Por lo que a mí respecta no necesitas cuidado alguno. Eres muy hermosa. Sabía que esta noche te estaba poniendo muy nerviosa y pensé que te vendría bien relajarte de ese modo.

–Preferiría haber estado contigo.

–Te habrías aburrido como una ostra. Créeme. Ahora –dijo él mientras miraba el reloj–, es mejor que nos vayamos o mi madre me despellejará.

A pesar de su nerviosismo, Margaret no tardó en relajarse cuando estuvo en el interior de la casa de los Tanner en el Upper East Side. Olivia, la madre de Will, se negó a presentaciones ceremoniosas y la abrazó con fuerza en cuanto Maggie se quitó el abrigo.

–Bienvenida a la familia, Margaret. Todos nos moríamos de ganas de verte –le dijo Olivia afectuosamente–. Ven para que te presente a todo el mundo. Es mejor que terminemos pronto con las presentaciones. Así, te podrás relajar y disfrutar del resto de la velada.

Margaret sintió un afecto inmediato por la madre de Will. Ella le agarró por el brazo y la alejó de Will para llevarla al salón principal del apartamento. Estaba elegantemente decorado en tonos verdes y crema, que se acentuaban con estampados animales, por lo que la sala podría haber ocupado la portada de las revistas de decoración con las que

Maggie soñaba en ocasiones. El suelo de madera estaba pulido hasta brillar como un espejo, pero transmitía al mismo tiempo el ambiente de una casa en la que se vivía y se disfrutaba y que no sólo era un escaparate de riqueza y distinción.

–Este es Michael, el hermano mayor de Will. Y esta es su esposa, Jane.

Margaret se quedó muy asombrada por lo mucho que se parecían Michael y Will, sobre todo en la intensidad de la mirada. Se sentía como si estuviera siendo analizada, pero él sonrió por fin y extendió la mano.

–Llámame Mike –insistió mientras le estrechaba con fuerza la mano.

–Mike, encantada de conocerte –comentó Margaret con una sonrisa. Entonces, se volvió hacia la rubia que estaba al lado de Mike–. Y encantada de conocerte a ti también, Jane.

–Bienvenida al clan –comentó Jane con una sonrisa–. ¿Estás segura de que sabes en lo que te estás metiendo?

–En absoluto –replicó Maggie.

–Seguramente es lo mejor –dijo otro hombre que se acercó a ellos–. Soy Paul, el hijo mediano. El más guapo y, con mucho, el miembro más popular de la familia.

–Eso no es cierto –le interrumpió una morena elegantemente peinada, que se levantó del sofá en el que había estado sentada.

El atuendo que la mujer llevaba puesto era algo suelto, por lo que Margaret se dio cuenta enseguida de que estaba embarazada. Comprendió lo unida que estaba aquella familia... y lo impostora que era ella.

La morena se colocó al lado de su marido.

–Tendrás que excusar las ilusiones de grandeza de Paul. Yo soy Kelly y este –añadió mientras se golpeaba suavemente el vientre–, es Quinn.

–Enhorabuena a ambos –comentó Margaret con una sonrisa–. Debéis de estar muy emocionados.

–Emocionados, aterrados... Todo –respondió Kelly con una carcajada.

–¿Quién es esta? ¿Por qué no me la han presentado aún?

Un hombre de más edad, alto y enjuto, con cabello gris y gafas, se materializó a través de una puerta.

–Es Margaret, la prometida de Will –dijo Olivia mientras empujaba ligeramente a Margaret–. Margaret, este es Albert, el padre de Will y, a pesar de sus pecados, mi esposo.

Resultaba evidente que existía un profundo amor y respeto entre la pareja.

–Entonces, ¿esta es la mujer que milagrosamente va a llevar a mi hijo al altar?

Albert observó a Margaret a través de sus gafas, se sintió como si estuviera bajo un microscopio, pero le sujetó la mirada sin ceder ni un segundo.

–No sé si milagrosamente –dijo suavemente–, pero sí, soy Margaret Cole y me alegro mucho de conocerle, señor Tanner.

El hombre esbozó una amplia sonrisa.

–Llámame Al. En esta casa no hay ceremonias. Además, si voy a ser tu suegro, no creo que te puedas pasar el resto de la vida llamándome señor Tanner, ¿no te parece? Bueno, ¿qué te apetece beber?

Media hora más tarde, Margaret empezó a sentir que se relajaba un poco. Desde el otro lado de la sala, vio que Will estaba charlando animadamente con Mike y Paul mientras que ella estaba sentada hablando con Jane y Kelly. Will eligió exactamente aquel momento para mirarla. Le dedicó una ligera sonrisa y levantó la copa hacia ella a modo de silencioso brindis. Los últimos vestigios de tensión que le quedaban se desvanecieron. Todo iba bien. Lo estaba haciendo bien.

Cuando Olivia pidió a todos que fueran al comedor, Margaret se sorprendió mucho al ver que Albert se acercaba a ella y la tomaba del brazo.

–Dado que tú eres la invitada de honor esta noche, te sentarás a mi lado –dijo tras guiñarle el ojo–. Además, no voy a dejar que las mujeres te monopolicen toda la noche. Yo también quiero conocerte.

Sentó a Margaret a su derecha y tomó asiento en la cabecera de la larga mesa. Era un agradable compañero de mesa. No hacía más que contarle historias sobre Will cuando era más joven, que hacían que todos los presentes se echaran a reír. Will también contó algunas historias sobre su padre y sus hermanos.

No hacía falta ser un genio para darse cuenta de que la familia estaba muy unida. Margaret siguió representando su papel, sonriendo y riendo con todos, aunque en el fondo estaba sufriendo.

Más tarde, cuando regresaron al salón para tomar un café y una copa, Will se sentó sobre el brazo de la butaca en la que ella se había acomodado. Le colocó el brazo ligeramente detrás de los hombros y ella se permitió reclinarse sobre él. Se dijo que era sólo para guardar las apariencias y que estaba ayudando a Will a conseguir el objetivo que tanto deseaba. Sin embargo, sabía que estaba sacando todo lo que podía porque, dentro de unas pocas semanas, aquello no sería más que un distante y agradable recuerdo.

Se marcharon después de la medianoche. Intercambiaron muchas exclamaciones de afecto, muchos abrazos y promesas de organizar muy pronto otra velada tan pronto como Will y Margaret pudieran regresar a Nueva York. Los oídos le pitaban con las amistosas frases de despedida cuando Will y ella se metieron por fin en la limusina.

En el oscuro compartimiento, ella dejó caer la cabeza sobre el respaldo y dejó escapar un suspiro.

–¿Cansada? –le preguntó Will entrelazando los dedos con los de ella.

–No, no exactamente.

–Lo has hecho estupendamente esta noche. Te adoran.

–Gracias. El sentimiento es mutuo. Por eso me preocupa que…

–¿Qué es lo que te preocupa?

–Que todo sea una mentira.

–No te preocupes, Margaret. Cuando les diga que nos hemos separado, habremos conseguido nuestros objetivos. En cuanto a mis padres, se sentirán desilusionados, pero lo superarán.

De eso estaba segura, pero, ¿lo superaría ella? La pregunta aparecía una y otra vez en su pensamiento, pero sabía bien que no podía escapar a la verdad de su respuesta. Para no pensar en esto, decidió concentrarse en lo único que podía distraerla. En el momento en el que entraron en la suite, se volvió a Will y lo besó con el anhelo que llevaba toda la noche acumulando.

Él no la desilusionó. Le devolvió la pasión con idéntico fervor y comenzó a quitarle la ropa hasta que estuvo completamente desnuda a excepción de las medias y de los zapatos de tacón. Ni siquiera consiguieron llegar al dormitorio. Will comenzó a hacerle el amor allí mismo, en el salón de su suite, prestando atención a los pechos del modo que sólo él sabía hacer, hasta que el cuerpo de Margaret comenzó a vibrar de anticipación.

Cuando le dio la vuelta y le colocó las manos sobre el respaldo del sofá que había frente a los ventanales que daban a la Quinta Avenida, ella se aferró a la tapicería al sentir que él se colocaba detrás de ella.

No tuvo que esperar mucho tiempo. El sonido delator del paquete del preservativo anunció que iba a colocárselo en la erección. Entonces, allí lo sintió. La punta del pene comenzó a torturar los húmedos pliegues, entrando y saliendo de ellos. Sólo hasta un punto, no más. Torturándola, volviéndola loca de deseo. De ganas de que la poseyera.

Will le agarró la cintura y se la acarició. Entonces, le deslizó las manos por las costillas y las fue subiendo hasta cubrirle los senos. Los dedos pellizcaban los pezones. Margaret experimentó una intensa oleada de placer que emanaba de los pechos y le llegaba hasta el centro de su feminidad. Como si él supiera lo que deseaba, se hundió profundamente en ella. Margaret movió ligeramente los pies y levantó un poco más las caderas. Saber que lo único que él veía de ella en aquellos momentos era la espalda y el redondeado trasero, le produjo una ilícita sensación de placer, una sensación que se vio rápidamente eclipsada por las sensaciones que él estaba produciendo en el interior de su cuerpo cuando se hundía en ella, acomodándose a sus espaldas, encajándose contra el trasero cada vez que la penetraba más profundamente.

Margaret lo acogió con un deseo que amenazaba con abrumarla completamente. Estaba tan cerca... él volvió a pellizcarle los pezones al tiempo que la penetraba más y más, tocándola en algún lugar mágico que la catapultó a un tórrido orgasmo. El grito de satisfacción de Will señaló el clímax que él había alcanzado simultáneamente y lo hizo caer sobre ella. Los cuerpos de ambos estaban cubiertos de sudor.

Los temblores aún hacían temblar el cuerpo de Margaret. El placer que había sentido la obligaba a pegarse a él, sujetándolo en el interior de su cuerpo como si no quisiera dejarlo escapar. Al notar que él quería apartarse de ella, gimió a modo de protesta. Entonces, él le besó entre los omóplatos y le provocó un escalofrío en la espalda.

–Vayamos ahora al dormitorio –susurró él contra su piel.

–Creo que no me puedo mover –dijo ella, con la voz aún ronca por el deseo.

Oyó que Will se reía suavemente antes de tomarla en brazos y sujetarla con fuerza contra su cuerpo.

–No te preocupes. Yo me ocuparé de ti –le prometió.

Y así, Maggie se dejó creer que eso era cierto y que Will cuidaría de ella para siempre.

Capítulo Once

Margaret yacía tumbada sobre el pecho de Will. Tenía el cuerpo relajado y cálido por el sexo que habían compartido. Will le apartó un mechón de cabello del rostro y le dio un beso en la frente. Le estaba más agradecido de lo que ella se imaginaba. Antes de que se marcharan del apartamento de sus padres aquella noche, su padre le había llevado a un lado y le había dicho que iba a empezar a redactar los documentos necesarios para poner la granja a su nombre.

Will se había mostrado muy contento. Por fin iba a conseguir lo que era suyo y todo se lo debía a la hermosa mujer que tenía entre sus brazos.

–Gracias –dijo suavemente.

–¿Mmm? ¿Por qué?

–Por esta noche. Por ser tú.

–De nada. Me ha gustado conocer a tu familia. Son unas personas maravillosas.

–Evidentemente, a ellos también les ha gustado conocerte a ti.

Maggie se acurrucó contra él y comenzó a trazarle círculos sobre el pecho.

–Volver a estar con una familia como esa, me ha recordado los buenos tiempo que nosotros solíamos compartir con mis padres. Me ha recordado lo mucho que nos estamos perdiendo ahora que no están.

–¿Estabais muy unidos?

–Sí. Mis padres lo eran todo para nosotros. Nuestra fuerza, nuestros cimientos, nuestra brújula moral. Por eso, ha sido muy agradable volver a formar parte de una reunión familiar, en especial una en la que yo no fuera responsable de todo.

Will se quedó sin saber qué decir. A pesar de que adoraba a su familia, en ocasiones le molestaba la atención que exigían. Sin embargo, Margaret le había mostrado otra perspectiva y le había recordado que ellos no estarían a su lado para siempre.

–Me gusta tu padre. Parece ser una persona muy recta.

–Así es. En ocasiones demasiado, pero siempre estaba a nuestro lado cuando lo necesitábamos.

–Tienes suerte de que sigan formando parte de tu vida, Will. No los des por sentado.

Will abrazó el cuerpo desnudo de Margaret y la estrechó aún más contra su cuerpo. Ella parecía estar tan sola, y él no sabía cómo cambiarlo.

–No lo haré. Ya no.

Maggie asintió.

–Al menos, tú los tuviste a ellos cuando estabas formándote como persona. El pobre Jason sólo me tenía a mí y creo que no he hecho un buen trabajo con él. Me pregunto cómo habría salido si hubiera tenido un modelo masculino en su vida. ¿Se habría metido en tantos líos?

–No te menosprecies. Hiciste lo que pudiste.

–Pero no fue suficiente. Le fallé en algo.

–Mira, las decisiones que tome como adulto son solo suyas, Margaret. Tú no eres responsable por él y por todo lo que haga a lo largo de su vida. En algún momento, tiene que ponerse de pie en solitario y ser un hombre.

Ella no respondió, pero Will sabía que seguía pensando en aquel asunto.

–Margaret, has hecho lo que has podido por él. No lo dudes nunca.

Will acarició la suave piel de Margaret hasta que ella se quedó dormida. Su respiración se hizo más profunda y tranquila. Sin embargo, Will no pudo encontrar el alivio del sueño para sí mismo. No hacía más que pensar en lo que Maggie había dicho. En los temores que tenía sobre su hermano, en las responsabilidades que había tenido durante los últimos diez años. En solitario.

De repente, no le gustó lo que le había hecho al obligarla a actuar como su prometida. Se había aprovechado de su debilidad, del amor que sentía hacia su hermano, y lo había utilizado en beneficio propio. Pensó en lo ocurrido aquella noche, en lo contenta que su familia se había puesto de verlo allí con Margaret, en el hecho de que, aparentemente, él estuviera sentando la cabeza con ella para disfrutar de un largo y feliz futuro juntos.

Los había traicionado a todos. A Margaret y a sus padres. A sus hermanos y a sus cuñadas. Toda su familia había recibido a Margaret con los brazos abiertos. Su generoso espíritu demostraba la familia cariñosa y animosa que era. Y le había demostrado a él lo canalla que era por haberles mentido del modo en el que lo había hecho.

Ver a todos juntos aquella noche, sabiendo que ya no tenía presión para casarse, le había permitido relajarse y disfrutar de la velada. Tanto que por fin había logrado apreciar a su familia y comprender lo que querían de él. Sólo deseaban que él compartiera el amor y la seguridad que se conseguían con relaciones como las suyas.

¿Cuándo había perdido de vista lo importante? ¿Cuándo se había mostrado tan decidido a ser el mejor en su profesión que había borrado la decencia con la que lo habían criado?

Se vio a través de unos ojos nuevos y no le gustó lo que vio.

A medida que la noche fue pasando, Will pensó en la clase de hombre en la que se había convertido y sobre lo que podía hacer para rectificar las cosas. Tenía que empezar con Margaret. Tenía que comportarse como un caballero y dejarla ir, liberarla del draconiano acuerdo con el que la había sometido.

Todo en su interior le decía que era lo que tenía que hacer. Sin embargo, abrazaba con más fuerza a la mujer que dormía plácidamente junto a él.

Sí. Tenía que dejarla ir, pero aún no. Lo decidió mientras cerraba los ojos y permitía que el sueño se apoderara por fin de él.

Aún no.

Cuando se despertaron a la mañana siguiente, Will quiso aprovechar al máximo el tiempo que les quedaba. No tenían que estar en el aeropuerto hasta por la tarde para regresar a San Diego, por lo que la invitó a un *brunch* en la Russian Tea Room. Mientras degustaban huevos revueltos y salmón ahumado hablaron poco, aunque sus caricias y sus largas miradas expresaban perfectamente lo que necesitaban decirse el uno al otro.

Después del almuerzo, se dirigieron a Central Park, donde él contrató un coche de caballos para que los llevara por el parque. Tener a Margaret acurrucada contra su cuerpo durante el paseo fue una sensación agridulce. No hacía mucho que se conocían, pero ella parecía la mujer adecuada para él. Cuando el paseo terminó y regresaron de mala gana al hotel para recoger su equipaje y tomar un taxi que los llevara al aeropuerto, Will experimentó la abrumadora sensación de que estaba cerrando una puerta sobre lo que, posiblemente, había sido una de los episodios más luminosos de su vida.

Aquella noche, Will tuvo mucho tiempo para pensar, solo, en su cama del club de tenis. Margaret había insistido en regresar a su casa diciendo que su hermano la esperaba.

Pensó en Jason Cole. ¿Cuántos años tenía? ¿Veinticuatro? Sin embargo, parecía depender mucho de su hermana. Will podía entender que los hermanos se apoyaran, pero eso debía de ser algo mutuo y parecía que la relación entre Margaret y su hermano era completamente unilateral. Will no dudaba de que Jason había estado muy mimado por su hermana. No estaba bien que ella siguiera protegiéndolo a esa edad. Debería ser responsable de sus gastos y permitir que su hermana siguiera adelante con su vida.

Resultaba evidente que Margaret había disfrutado mucho con el viaje a Nueva York. Le gustaba viajar y disfrutaba viendo lugares nuevos. Will pensó en cómo podía ayudarla a expandir sus horizontes, a mostrarle los lugares más emocionantes del mundo. Entonces, recordó que él mismo había decidido dejarla marchar.

Mientras trataba de dar forma a su almohada por centésima vez, tomó una decisión. No podía acompañar a Margaret en los viajes que sabía que tanto ansiaba hacer, pero podía hacer algo para que le resultara más fácil. Liberarla y permitirle que hiciera todo lo que ella siempre había deseado hacer.

Podría tener una charla de hombre a hombre con Jason y darle algunos consejos para que creciera. Satisfecho con su decisión, se quedó dormido por fin.

El lunes por la mañana, envió un mensaje a Jason Cole y requirió su presencia en su despacho al final de la jornada laboral. Will no quería que los dos hermanos se encontraran allí. Margaret le había dicho que no podía cenar con él aquella noche porque tenía muchas tareas en casa con las que debía ponerse al día. Por lo tanto, decidió que lo mejor era que ella se marchara algo más temprano.

Estaba pensando en el informe que había redactado sobre el viaje a Nueva Jersey cuando alguien llamó a su puerta.

–Adelante –dijo mientras dejaba el bolígrafo y cerraba el informe que había estado leyendo.

Jason Cole entró por la puerta y la cerró a sus espaldas. Era la segunda vez que se encontraba cara a cara con el hermano de Margaret y se sorprendió de las similitudes que había entre ambos. Aunque los rasgos de Margaret eran más suaves y más redondeados, no se podía negar el parecido familiar entre ellos en el color del cabello y en los ojos. Los de Margaret lo miraban suavemente y con una combinación de deseo y admiración, pero los de Jason Cole dejaban pocas dudas sobre la antipatía que sentía hacia Will.

–Siéntate –le ordenó Will. Se levantó y rodeó el escritorio. Entonces, se apoyó sobre él y miró fijamente a Jason, que le devolvía la mirada–. ¿Cómo te van las cosas, Jason?

–Usted lo debería saber bien. Mi supervisor responde ante usted a diario, ¿no?

Will aplacó la ira que instintivamente sintió por el descaro y el desprecio que Jason sentía hacia su autoridad.

–Así es y, aparentemente, todo va bien.

–¿Qué diablos quiere decir con eso de «aparentemente»? –preguntó Jason en tono beligerante.

–Tranquilízate. Tu supervisor se ha fijado en la atención que muestras por los detalles y en el hecho de que, durante las dos últimas semanas, has mantenido con rigidez los procedimientos de operatividad de la empresa. Me alegra ver que has aceptado esta oportunidad de limpiar tu nombre.

–Yo no tenía nada que limpiar. Ya se lo he dicho antes y lo seguiré diciendo hasta que alguien me crea. No he estado robando a Empresas Cameron.

Will levantó una mano.

–Está bien. Me alegra ver que estás mejorando. Sin embargo, hay otra faceta en la que vas algo retrasado.

–Mire, si está buscando una excusa para despedirme…

–No. Esto no tiene nada que ver con el trabajo.

–Entonces, ¿de qué se trata?

–De Margaret.

–¿De Maggie? ¿Qué quiere decir? Gracias a usted, apenas la veo.

–Sin embargo, ella sigue sintiendo la necesidad de estar a tu lado, Jason.

–Por supuesto. Es mi hermana mayor. ¿Acaso no tiene usted hermanos mayores que siempre traten de decirle lo que tiene que hacer? ¿Le dejan tomar sus decisiones todo el tiempo?

Las palabras de Jason estaban muy cerca de la realidad, lo suficiente para colocar a Will de nuevo en posición de ataque.

–Me gustaría que me dijeras exactamente cuándo vas a tomar responsabilidad de tus propios actos, Jason. Ponerte de pie sin que tu hermana esté a tu lado para protegerte o para evitar que te hagas daño. Ella ha puesto su vida en suspenso por ti. Ha renunciado a oportunidades que podría no volver a tener en toda su vida por ti.

–¿Acaso cree que no lo sé? ¿Por qué cree que estoy aquí trabajando tan duro para ayudarla económicamente?

–En lo que se refiere a ti, no sé qué pensar, Jason. Aparentemente, te comportas como un niño mimado. Tienes que dejarla marchar. Dejar que sea ella misma.

–Eso está bien viniendo de usted.

Jason se levantó de la silla y comenzó a andar por el despacho. Will se tensó.

–¿Cómo has dicho? –le preguntó con frialdad.

–Lo que quiero decir es que, al menos, yo no estoy utilizándola activamente en una mentira, tal y como lo está haciendo usted. Yo quiero a mi hermana. Haría cualquier cosa por ella, que es mucho más de lo que usted puede decir. Por supuesto, usted tiene dinero y puede darle cosas bonitas y llevarla a lugares emocionantes, pero, al final del día, ¿adónde regresa? A su casa, porque a pesar de todo lo que hemos pasado, ella me quiere y sabe que yo la quiero a ella.

Will sintió que se le hacía un nudo en la garganta. No podía negar lo que Jason había dicho. De hecho, sus palabras definían claramente la clase de relación que los dos hermanos tenían.

–Y porque la quiero –añadió Jason–, yo jamás

haría nada que le hiciera daño deliberadamente, como engañar a mi jefe. Sin embargo, creo que tengo pruebas sobre quién has estado estafando a Empresas Cameron. Si le interesa la verdad.

–¿Qué clase de pruebas? –preguntó Will.

No creía a Jason, por muy apasionado que hubiera sido su discurso sobre el amor que sentía hacia Margaret. Sabía que, generalmente, donde había humo, había fuego.

Jason se metió la mano en el bolsillo trasero de sus pantalones y sacó una hoja de papel doblada.

–Está todo ahí.

Le entregó el papel a Will y le explicó sus notas. Will se puso inmediatamente en estado de alerta. Parecía que las ordenadas notas de Jason indicaban algo. No obstante, si era lo suficientemente inteligente para presentar la información de aquella manera, lo sería también para poder crear un rastro falso. Sin embargo, los datos eran suficientes para crear dudas en la mente de Will.

–¿Qué le parece? –le preguntó Jason.

–Creo que esto merece ser investigado –dijo Will con cautela–. Gracias por hacérmelo ver. ¿Te puedo preguntar si me lo ibas a comunicar pronto o acaso lo ha precipitado esta reunión?

–Primero quería estar seguro. Cuando me mandó llamar hoy, pensé que este sería tan buen momento.

–¿Le has hablado a alguien más de lo que has descubierto?

–No. Necesitaba estar seguro.

–Muy bien. Dame tu número de móvil. Tal vez tenga que llamarte fuera del horario de trabajo para pedirte más información.

Jason le dio el número. Will lo grabó en su teléfono móvil y luego le dijo a Jason que podía marcharse. Se sorprendió cuando Jason permaneció inmóvil.

–¿Algún problema?

–No exactamente. Sólo algo que tengo que decir.

–Tú dirás.

–No haga daño a mi hermana.

Las palabras eran muy sencillas, pero había suficiente fuego en los ojos de Jason como para que Will supiera sin ningún género de dudas que lo decía en serio.

–No lo haré –respondió.

Después de que Jason se marchara, Will permaneció varias horas en su despacho, trabajando. Cuando hubo terminado, supo una verdad, una verdad que debería haberle alegrado profundamente, pero que sólo sirvió para hacerle ver que había sido un completo canalla. Había visto sólo lo que quería ver, lo que podía utilizar para su propia ventaja. Sin embargo, ya estaba todo muy claro. La información que tenía entre sus manos era irrefutable.

Jason Cole era inocente.

Capítulo Doce

Desde que regresaron de Nueva York, había habido mucho trabajo en la oficina, pero Margaret había empezado a sentir una distancia en Will que no era capaz de definir. En el despacho, él era el mismo jefe centrado y exigente que ya conocía. Aunque no hubieran sido amantes, ella habría disfrutado trabajando para él. Will la desafiaba en muchos sentidos y acrecentaba sus habilidades, de modo que ella ya era capaz de afrontar tareas con una seguridad que no había conocido antes.

Sin embargo, en lo que se refería a su tiempo como pareja, las cosas eran muy diferentes. Ya no salían tanto como lo hacían al principio. Will parecía satisfecho con cocinar para ella en la suite o en pedir comida de uno de los restaurantes del club de tenis. En muchos sentidos, le parecía que él estaba dejando pasar el tiempo y eso le preocupaba.

Apartó aquellos molestos pensamientos y se centró en el paquete que acababa de llegar del despacho de Will en Nueva York hacía unos minutos. Mientras archivaba y daba prioridad a cada carta, su atención se vio atraída por un informe encuadernado. La fecha coincidía con el fin de semana que los dos habían pasado en Nueva York. ¿Estaría relacionado con las horas que la había dejado sola en el hotel? Llena de curiosidad, comenzó a hojear las páginas.

Su curiosidad no duró mucho tiempo y se vio reemplazada por el miedo. El informe estaba relacionado con una empresa de Nueva Jersey, algo que no era tan inusual. Lo que sí era extraño era la comparativa de productividad y gastos con la sucursal de Empresas Cameron en Vista del Mar. Ella examinó las cifras y sintió pánico. Sin embargo, fue el testimonio que Will había escrito lo que la horrorizó aún más.

El informe parecía una recomendación para cerrar las instalaciones de Vista del Mar y trasladar la fábrica a Nueva Jersey. Margaret cerró el informe con manos temblorosas. No era de extrañar que Will no hubiera querido que ella lo acompañara a Nueva Jersey. Desde el principio, sus planes eran otros.

Sin pensárselo dos veces, se levantó y llevó el informe al despacho de Will. Entró sin llamar a la puerta.

–¿Me podrías explicar esto? –le preguntó después de dar un portazo.

–Ah, ya ha llegado –comentó Will.

–Sí, ya ha llegado. ¿Cómo has podido hacer esto?

–Margaret, es sólo un informe. Tranquilízate.

–¿Que me tranquilice? No, no puedo tranquilizarme. ¿Tienes idea de lo que esto supondrá para las personas que trabajan aquí cuando tú le recomiendes al señor Cameron que cierre la fábrica? No sólo destruirá las vidas de todos los que trabajan aquí, sino que destruirá también Vista del Mar.

Will se levantó y se acercó a Margaret. Le quitó el informe de las manos y lo arrojó sobre la mesa antes de atrapar las manos de ella entre las suyas.

–Tu reacción es exagerada.

–No lo es. Pensé que eras mejor que esto, Will. Pensaba que habías empezado a interesarte por proteger a las personas que trabajan aquí, algunas de ellas desde hace generaciones. Si tú haces esto, no sólo destruirás los corazones de cientos de personas, sino que destruirás la esperanza de los jóvenes que viven aquí. Empresas Cameron es la mayor empresa de la zona. Si cerramos, esta zona morirá porque todo el mundo tendrá que marcharse para buscar trabajo.

–La gente tiene que mudarse constantemente –dijo Will. Su voz sonaba muy tranquila.

–Aquí no. En Vista del Mar no. Estamos chapados a la antigua. Cuidamos de lo nuestro. Creemos en la familia. No todo tiene que ver con el poderoso dólar.

–Industrias Worth lleva años perdiendo dinero. ¿Por qué si no lo hubiera comprado Cameron? ¿Te lo has preguntado alguna vez?

–En ese caso, debe de haber otro modo. Un modo mejor. Tú eres el cerebro en esto. Encuentra una solución.

–Esta es la solución más sencilla. La más sencilla y la más eficaz. Está todo ahí en blanco y negro.

Margaret negó con la cabeza.

–Sé lo que hay en el informe, Will. Lo he leído y lo he comprendido, pero tiene que haber otro modo.

Cuando él no respondió, Margaret apartó las manos de las suyas.

–No me puedo creer que me haya equivocado tanto contigo –dijo amargamente–. Tú no eres el hombre que yo había creído que eras. Pensaba que valorabas la lealtad.

–Así es.

–Entonces, ¿por qué esto?

–Los sentimientos no forman parte de la ecuación.

–Los sentimientos lo son todo en esta ecuación. Los sentimientos aluden a personas. Personas de verdad y no números. Si sigues adelante con esta recomendación, no serás nada más que un ejecutivo de sangre fría y sin corazón, como Rafe Cameron. Tú viniste aquí, no comprendiste nada del corazón de Vista del Mar y ahora estás a punto de regresar a tu estructurado mundo en Nueva York. ¿Dónde está tu compasión? ¿Acaso las has tenido alguna vez?

Margaret observó al hombre que amaba y se dio cuenta de que, en realidad, no lo conocía. Estaba allí, frente a ella, tan familiar y, al mismo tiempo tan desconocido. Margaret comprendió que no tenía ni idea de quién era William Tanner.

Lo observó mientras él se mesaba el cabello y suspiraba.

–Mira, sé que estás muy disgustada por eso, pero tienes que comprender que me trajeron aquí para hacer un análisis en profundidad de la situación económica de Industrias Worth y realizar recomendaciones en base a lo que descubra. Hacer otra cosa supondría que no estoy haciendo mi trabajo según me han enseñado mis habilidades.

–Malditas sean tus habilidades –susurró ella con los ojos llenos de lágrimas.

Will se sorprendió de cuánto le dolía saber que había enojado y había disgustado a Margaret tan profundamente. Lo peor de todo era saber lo mucho que había bajado en su estima. Acababa de comprender lo mucho que le importaba su opinión.

Sabía que los resultados del informe no serían recibidos con alegría por el Consejo de Dirección. A nadie le gustaba tener que dejar en el paro a tantos trabajadores, fuera cual fuera el clima económico, pero la conclusión estaba tan clara como la tristeza en el rostro de Margaret.

–Es un informe preliminar, Margaret. No hay garantía de que Rafe lo lleve a cabo.

–Pero es más que probable, ¿verdad?

Will asintió. No podía mentirla sobre algo que tanto la afectaba. Temblaba de incredulidad. Will extendió la mano para volver a tocarla, pero ella dio un paso atrás.

–No, por favor –dijo con voz temblorosa.

–¿No? Simplemente estoy haciendo mi trabajo.

–Simplemente no creo que pueda estar contigo en estos momentos.

–¿En estos momentos o nunca?

Ella lo miró con la sorpresa.

–Yo… no lo sé. Necesito pensar al respecto. Necesito marcharme.

Will observó en silencio cómo ella se daba la vuelta y se marchaba de su despacho. Durante el resto del día, ella permaneció distante. Respondió a las preguntas que él le hizo, pero utilizando la menor cantidad de palabras posibles.

Al final del día, Will supo lo que tenía que hacer. Era algo que había sabido que tenía que hacer desde Nueva York, pero que había sido incapaz de realizar. Tenía que romper el vínculo que lo unía a Margaret y dejarla regresar a su vida. En aquellos momentos, con la opinión que Margaret tenía de él, sería mucho más fácil. Era lo mejor para ella. Por supuesto, si la decisión de cerrar Vista del Mar se hacía realidad, ella se quedaría sin trabajo junto con el resto de los empleados y también su hermano. Sin embargo, los dos eran individuos inteligentes. A través de sus contactos, Will se aseguraría de que les ofrecieran trabajo en otra parte. Era lo menos que podía hacer por ellos a largo plazo.

No obstante, a corto plazo, lo que tenía que hacer por Margaret era librarla de su acuerdo, pero primero tenía que realizar una llamada muy importante. Debía llamar a su padre.

Cuando Will terminó la llamada a su padre,

Margaret ya se había marchado a casa. Will se sentía completamente vacío por dentro. A pesar de que su padre se había enfadado con él por haberle engañado deliberadamente, había parecido más desilusionado por el hecho de que su relación con Margaret no hubiera sido real. Sacó un antiácido del cajón y se lo tomó para aliviar la quemazón que sentía en el estómago. Había hecho daño a muchas personas. ¿Por qué? Por un trozo de tierra en el que él no tenía intención alguna de vivir o de cultivar. Su padre seguramente ya había dado luz verde para que pusieran la granja en la agencia inmobiliaria que se encargaría de venderla. Se sintió fatal por ello, pero no podía haber seguido con aquella mentira.

Todas aquellas generaciones de Tanner a los que había querido honrar y recordar, los trabajadores hombres y mujeres cuya ética había sido tan fuerte como su sueño para aquellas tierras. Los había deshonrado con su comportamiento egoísta.

Tardaría un tiempo en suavizar la tensión con su familia. Su teléfono móvil no dejaba de recibir mensajes de sus hermanos que le exigían que les aclarara si todo había sido una farsa. Había caído en lo más bajo, pero aún le quedaba una cosa por haber. Cuanto antes la hiciera, mejor.

El trayecto que lo separaba de la casita en la que vivían Margaret y su hermano era corto. Cuando detuvo el coche frente a la casa, permaneció en su interior unos instantes. Aunque sabía que tenía que hacerlo, todo su ser se negaba a ello. No podía comprenderlo. Tenían un acuerdo del que Margaret había cumplido hasta la última coma. Él era el que se había equivocado. Dejarla marchar sería fácil.

Con renovada resolución, salió del coche y se dirigió hacia la puerta principal. Llamó con fuerza y esperó. En el interior, resonaron unos pasos que se acercaban a la puerta y que acrecentaron los latidos de su corazón.

Margaret no pudo ocultar su sorpresa cuando abrió la puerta y lo vio allí.

–Will, ¿qué estás haciendo aquí?

–Hay algo que tengo que decirte.

–¿Quieres entrar?

Aunque había realizado la invitación, la voz de Margaret carecía de la calidez que él siempre había asociado con ella.

–No hace falta. Puedo decirte aquí lo que tengo que decirte igual que en otra parte.

Ella esperó pacientemente con una mano sobre la puerta y la otra sobre el estómago, como si se estuviera preparando para algo muy malo. Will respiró profundamente.

–Al ver cómo has reaccionado esta tarde, te libero de nuestro acuerdo. Ya no tienes que fingir ser mi prometida. No me parece justo ni razonable tener que seguir con algo, o con alguien, a quien evidentemente desprecias tanto.

Ella palideció, pero permaneció en silencio. Will vio cómo el pulso le latía suavemente en la garganta. Sintió unos enormes deseos de besarla allí, pero ya no tenía derecho. Ella habló por fin.

–Entiendo. ¿Y la granja?

–He hablado con mi padre y le he contado la verdad. No está contento, pero lo solucionaremos.

–Siento oír eso –susurró ella. Entonces, respiró profundamente–. Entonces, todo ha sido una completa pérdida de tiempo.

Will quería decirle que no había sido así, pero se limitó a asentir.

–Durante el tiempo que siga trabajando en Vista del Mar, me gustaría que siguieras siendo mi ayudante, si te parece bien.

¿Por qué había dicho eso? En su despacho ya había decidido que seguir trabajando con ella, verla todos los días sería una tortura. Ya había escrito una carta de recomendación para que ella trabajara como asistente personal para otra persona de la empresa. Sin embargo, sabía que no podía dejarla marchar, al menos, no del todo, por muy buenas que fueran sus intenciones.

–Por supuesto. ¿Por qué no? –respondió ella fríamente–. ¿Y el trabajo de Jason sigue a salvo?

Por supuesto, ella pensaba en su hermano antes que en cualquier cosa.

–Por el momento. Por cierto, he reabierto la investigación sobre el caso de Jason.

Ella lo miró boquiabierta.

–¿De verdad?

–Tu hermano me presentó un argumento muy convincente y he investigado un poco más el asunto. Parece que tu hermano estaba diciendo la verdad –admitió Will.

–¿Significa eso que es inocente?

–Aún no está demostrado, pero así parece.

–Eso es fantástico. ¿Cuánto hace que lo sabes?

–Unos cuantos días. Tendremos identificado al culpable muy pronto. Espero.

–¿Hace unos cuantos días? ¿Y a ninguno de los dos se os ocurrió decirme nada?

–¿Habría supuesto alguna diferencia?

Will la miró y observó los sentimientos que se reflejaban en su hermoso rostro. ¿Habría renegado ella de su acuerdo si hubiera sabido antes las novedades sobre Jason?

–¿Diferencia, dices? Todas las del mundo. No sé ni cómo me puedes preguntar eso. No tienes ni idea del peso que esto ha supuesto para mí. Pensar que mi hermano era un ladrón ha sido…

¿Y el peso que había supuesto para ella acostarse con él? ¿Había sido cada instante por el bien de su hermano? Will ya no lo sabría nunca. Se sentía muy vacío. Se alejó un poco de la puerta.

–Bueno, me marcho.

–Espera.

Will sintió que algo le florecía en el pecho hasta que vio que ella se estaba quitando el anillo de compromiso del dedo.

–Toma. Ya no lo necesito –dijo mientras se lo ponía en la mano.

Will observó el anillo y sintió que se le hacía un nudo en el pecho.

–Puedes quedártelo si quieres.

–No. No lo quiero. De verdad.

La voz de Margaret sonaba tan distante... ¿Dónde estaba la cálida y afectuosa mujer que él había conocido? ¿Había perdido todo el respeto por él por aquel estúpido informe?

Will se metió el anillo en el bolsillo. No quería volver a verlo ni quería analizar por qué, de repente, se sentía tan a la deriva por el hecho de que ella se lo hubiera devuelto. En realidad, no habían estado comprometidos de verdad ni había habido sentimientos.

–En ese caso, te veré el lunes en el despacho –dijo antes de marcharse.

A sus espaldas, oyó que la puerta se cerraba de un portazo. El sonido resonó en sus oídos. Su intencionalidad era demasiado real.

En el momento en el que ella cerró la puerta, Margaret cayó de rodillas. Todo su cuerpo temblaba al tiempo que unos desconsolados sollozos se le escapaban del pecho. Nunca sabría cómo había conseguido contenerse.

Afortunadamente, Jason no estaba en casa.

Cerró los ojos. Había esperado que Will hubiera escuchado lo que ella le había dicho aquella tarde. Que hubiera examinado su corazón y hubiera pensado en el informe. Sin embargo, parecía que sus súplicas no habían servido de nada. Igual que el ridículo amor que sentía por él.

El dolor volvió a apoderarse de ella. Los ojos volvieron a escocerle por las lágrimas. Tenía que recuperar el control. Ya lo había hecho antes, cuando sus padres murieron, y podría volver a hacerlo. Pieza a pieza, volvió a reconstruirse y a aprender a comportarse como si no hubiera ocurrido nada. La pena era algo que se guardaba en el interior. Si no se hacía así, podría consumir por completo a una persona.

Desde el principio, había sabido que lo suyo con Will no era eterno. Por mucho que él le hubiera llegado al corazón y que ella supiera que jamás volvería a amar del mismo modo. No podía engañarse. Habían sido dos adultos que se habían unido sin promesas ni ilusiones.

Que ella hubiera sido tan estúpida como para no poder mantener la mente separada del corazón había sido culpa suya. Will, por su parte, no parecía haber tenido dificultad alguna.

El hecho de que hubiera renunciado a lo que le correspondía tan fácilmente no suponía buenos augurios para la fábrica. Maggie había pensado que él era un hombre mejor. Se había equivocado.

Lo único que podía hacer era echar mano de la fuerza y encontrar el modo de salir adelante para poder seguir trabajando con Will.

Oyó que Jason entraba en la casa. Se lavó rápidamente la cara y se retocó el maquillaje para aparentar normalidad.

Tendría que haberse imaginado que sus esfuerzos serían en vano.

–¿Qué te ha pasado? –preguntó Jason en el momento en el que la vio.

–Nada –respondió ella.

–Pues a mí no me parece que no haya pasado nada. Dime, Maggie. ¿De qué se trata?

–Nada... Tan sólo acabo de cometer la mayor estupidez de toda mi vida –susurró ella–, pero no te preocupes, lo superaré.

Jason negó con la cabeza.

–¿Te refieres a olvidarte de él?

Margaret trató de tragarse el nudo que se le había formado en la garganta. Sólo pudo asentir.

–Ay, Maggie. ¿Por qué has tenido que enamorarte de él?

Jason abrió los brazos para abrazar a su hermana. Maggie se reconfortó con la fuerza de su hermano. Resultaba extraño ver cómo los papeles se cambiaban.

–No pude evitarlo, Jason. Simplemente ocurrió.

Permanecieron así durante mucho tiempo, abrazándose y dándose y recibiendo consuelo. Por fin, Margaret se apartó de su hermano.

–Gracias.

–¿Por qué?

–Por no decir que ya me lo habías advertido...

Jason negó con la cabeza.

–Ya eres una mujer hecha y derecha, Maggie. Ya va siendo hora de que empieces a cometer tus propios errores en vez de tratar de subsanar los míos.

–¿Qué quieres decir?

–Necesitas una vida propia. Has estado tan entregada a mí y al hecho de asegurarte de que nuestras vidas fueran tan normales como fuera posible que se te olvidó completamente tomarte tiempo para ti. Maggie Cole se perdió por el camino. Te agradezco todo lo que has hecho por mí, en especial renunciar a tus sueños de ir a la universidad para que fuera yo, pero... Dejé de necesitarte hace mucho tiempo. Tengo veinticuatro años, Maggie. Tengo que salir adelante yo solo y tú tienes que permitírmelo.

Los ojos de Margaret volvieron a llenarse de lágrimas. Jason tenía razón.

–Está bien. Lo comprendo, pero podría llevarme un tiempo. Sin embargo, lo haré. Por cierto, Will me ha dicho que podría ser que fueras exonerado de lo que se te ha acusado. ¿Por qué no me lo has dicho?

–Will me pidió que no dijera nada hasta que pudiéramos identificar al verdadero culpable.

–Siento mucho haber dudado de ti. Yo sólo...

–Lo sé... –la interrumpió Jason.

Capítulo Trece

El hecho de haberle dicho que su acuerdo había llegado a su fin no le había servido de nada. Will llegó a esta conclusión mientras observaba cómo ella meneaba las caderas mientras se marchaba de su despacho con el trabajo que él acababa de darle.

Se rebulló en el asiento para aliviar la incomodidad que tenía en la entrepierna, una incomodidad que a pesar de sus esfuerzos, no le prestaba atención y se presentaba cada vez que ella estaba a pocos metros de distancia.

Notó con cierto grado de irritación que Margaret no parecía sufrir dificultad alguna. Cada día se sentaba serenamente en su escritorio y realizaba su trabajo de un modo ejemplar. Era como si lo que había habido entre ellos no hubiera ocurrido jamás. Como si la pasión que había ardido entre ellos no hubiera existido nunca.

Debería haberse sentido aliviado. Después de todo, él se había tenido que librar de suficientes relaciones a lo largo de su vida como para saber que la respuesta de Margaret era una bendición, en especial dado que seguían trabajando juntos. Sin embargo, había una parte de él que había empezado a lamentar haberla liberado de su acuerdo. Sabía que había sido lo correcto, pero, por primera vez en su vida, lo correcto parecía estar completamente equivocado.

La echaba de menos. Lo había admitido. La echaba de menos en su cama, en su vida. Efectivamente, compartían despacho, pero era como si ella estuviera en una burbuja protectora y fuera inmune a todo lo que le rodeaba. Las cosas que más le gustaban de ella, como su sentido del humor, su asombro por todo lo que era nuevo, su habilidad para dar, habían desaparecido para siempre.

El despacho se había transformado en un lugar sombrío. El informe que había presentado a Rafe y al Consejo había sido recibido con bastantes discusiones. Sin embargo, el consenso general indicaba que lo mejor era aceptar sus recomendaciones y, como si todo el mundo lo hubiera presentido, se había empezado a notar una gran animadversión hacia él por parte de los empleados. Afortunadamente, Will tenía la cabeza bien alta.

Justo antes de la hora de comer, Margaret entró en su despacho. Tenía el rostro más animado de lo que se lo había visto desde hacía días, a pesar de que la animación suponía ira. Una ira directamente dirigida a él.

Le arrojó unos papeles sobre la mesa.

–¿A qué estás jugando? –le preguntó.

Will se reclinó en su butaca.

–¿Te importa explicarme a qué te refieres?

–A eso –le respondió ella señalando los papeles–. Estas recomendando exactamente lo opuesto del último informe. ¿Estás tratando de cometer un suicidio profesional? Por lo que tengo entendido, Rafe Cameron está decidido a desmantelar lo que queda de Industrias Worth aunque se pueda encontrar una solución más beneficiosa para nosotros. Ciertamente parecía encantado con tu otro informe. ¿Por qué te molestas con este?

–El informe es lo que es –afirmó Will–. He recopilado mis últimos descubrimientos y los he presentado en ese informe. ¿Me estás diciendo que, una vez más, no estas de acuerdo con mi recomendación?

–Por supuesto que no, pero, ¿por qué no dijiste esto en un principio?

Will se reclinó sobre la butaca y se colocó las manos en la nuca.

–No disponía de toda la información. Ahora sí. El otro informe era preliminar. Desde entonces, he recibido más información. Esta noche voy a reunirme con Rafe para hablar al respecto. Creo firmemente que esta fábrica es viable si cambian de productos y se especializa. Por supuesto, a Cameron le va a costar mucho dinero realizar estos cambios, pero, a la larga, los beneficios serán enormes. Espero que esa sea la zanahoria que atraiga el interés de Cameron. Además, así la comunidad seguirá siendo saludable económicamente y creará más empleos de los que crea en la actualidad.

Margaret lo miró como si le hubieran salido dos cabezas.

–¿Hablas en serio? Si eso sale adelante, harías

feliz a mucha gente. La moral está por los suelos. ¿De verdad crees que él lo aceptará?

–Probablemente no, pero no podía dejarlo pasar sin hacérselo ver –dijo él. Se inclinó sobre la mesa y recogió los papeles–. Por mucho que te agradezca la rapidez con la que has trascrito esto, no creo que se lo pueda dar a Rafe con este aspecto. No quiero que tenga excusa alguna para tirarlo a la basura antes de leer su contenido.

Margaret se inclinó sobre él y le quitó los papeles de las manos.

–No te preocupes –le dijo–. Estarán perfectamente encuadernados y de nuevo sobre tu escritorio dentro de diez minutos.

Aquel día, Margaret se marchó a su casa sin estar segura de lo que debería estar sintiendo. Tenía miedo de esperar que Rafe Cameron aceptara la nueva propuesta de Will. Efectivamente, sobre el papel todo tenía sentido y las proyecciones de futuro resultaban muy prometedoras. Sin embargo, eso no significaba que Cameron lo aceptara. Resultaba evidente que había tenido algo en contra de Industrias Worth desde incluso antes de regresar. Los ácidos editoriales de Gillian en la *Gazette* habían resumido sus decisiones para que todos los comprendieran. Fueran cuales fueran sus motivos, lo que parecía decidido a cumplir era la total destrucción de la única empresa que mantenía con vida la ciudad. Maggie dudaba que se pensara siquiera la nueva propuesta de Will, por muy prudentes que fueran sus recomendaciones.

Lo que más le había sorprendido aquel día había sido el aparente y total compromiso de Will con la empresa. Estaba preparado para enfrentarse a Rafe Cameron, aun sabiendo que era poco probable que se aceptara su propuesta. Tal vez había cometido un terrible error de juicio con él. Se había dado mucha prisa en acusarle de ser un tiburón financiero como su jefe. Se preguntó si se habría equivocado con él y esto le molestaba.

¿Debería haberle escuchado? ¿Debería haberle permitido que tratara de convencerla para que pensara como él o acaso Will tan sólo había estado buscando una razón para dar por terminado su acuerdo? Tal vez se había cansado de ella. Lo que no comprendía era el cambio sobre la granja de la que había hablado con tanto entusiasmo. Había significado mucho para él a muchos niveles y, sin embargo, se había deshecho de ella sin dudarlo. No tenía sentido.

Comenzó a preparar la cena para Jason y para ella aunque no tenía apetito alguno. Estaba a punto de sacar un pollo del horno cuando oyó que la moto de Jason se detenía frente a la casa. No tardó en escuchar la puerta y los pasos de su hermano.

–¿Qué pasa? –le preguntó ella cuando entró en la cocina.

Como respuesta, él la tomó entre sus brazos y comenzó a dar vueltas con ella.

–¡Las cosas no podrían ir mejor!

Margaret se echó a reír mientras que Jason volvía a dejarla en el suelo.

–¿Qué ha ocurrido?

Observó el rostro de su hermano. No había estado más animado desde que se graduó en la universidad.

–Buenas noticias. No. Mejor aún. Noticias magníficas.

–Eso ya me lo has dicho.

–Me han exculpado. Me han exonerado. Se me ha pedido perdón por la acusación.

–¡Jason, eso es maravilloso! Me alegro mucho por ti. Yo jamás debería haber dudado de ti –susurró. Los ojos se le llenaron de lágrimas, que empezaron a caerle por las mejillas.

–Maggie –dijo él mientras la tomaba entre sus brazos para darle un fuerte abrazo–. No importa. Sé que no siempre he sido un ángel, pero la última vez en los tribunales lo dije de corazón cuando te prometí que no te volvería a defraudar. Supongo que a partir de ahora me creerás.

Ella asintió y lo abrazó con fuerza.

–No quería echarme a llorar. Lo siento, es una excelente noticia, pero estoy llorando de felicidad.

–Lo sé.

–Bueno, cuéntame qué es lo que ha ocurrido –dijo Margaret mientras sacaba el pollo del horno y lo servía.

–Ha sido increíble. Ella no lo sabía, pero la teníamos con la soga al cuello.

–¿A tu supervisora?

–Sí. Tanner la está interrogando ahora. Por lo que hemos descubierto, ha estado metiendo mano a muchas otras cosas aparte de lo que quería atribuirme a mí.

–Eso es terrible. Y pensar que iba a dejar que tú cargaras con las culpas…

Margaret añadió unas judías verdes a los platos y los llevó a la mesa. Jason se sentó inmediatamente y tomó su tenedor.

–Y eso no es todo –añadió Jason–. Tanner me ha felicitado por mis habilidades contables que descubrieron las pistas que condujeron al verdadero culpable. ¿Sabes una cosa? Tal vez sea tan duro como el pedernal, pero, en lo más profundo de su ser, parece que le importa la gente. Cuando pensaba que yo era culpable, se mostró muy duro conmigo, pero ha sido lo suficientemente hombre como para darme la mano y disculparse cuando se ha dado cuenta de que yo era inocente.

El trozo de pollo que Margaret acababa de comerse se le atascó en la garganta. Tuvo que tomar un poco de agua para tragarlo. El modo en el que Jason había descrito a Tanner no podría haber sido más acertado.

–¿Sabes una cosa? –prosiguió Jason–. Yo estaba equivocado sobre los motivos de Tanner. Ciertamente piensa en lo que más nos interesa. Siento haber sido tan duro con vosotros porque tú le ayudaras del modo en el que lo hiciste.

–No te preocupes –consiguió decir Margaret–. Ya es agua pasada…

Jason la miró fijamente, pero no insistió en el tema, algo que Margaret le agradeció mucho.

–Se ha tomado muchas molestias por mí en este asunto, Maggie. Ha recomendado al jefe de mi división que me ofrezca una beca de la empresa para que pueda volver a estudiar y especializarme en Contabilidad Forense, dado que parece que se me da muy bien. Me dijo que tenía una aptitud natural para ello. Considera que yo seré un pilar para la empresa en el futuro.

Margaret casi no podía creer lo que estaba oyendo. Jason siguió hablando ante las posibilidades que se abrían ante él.

Sin embargo, por mucho que se Margaret se alegrara de lo de su hermano, ¿qué ocurriría con ellos si la fábrica se veía obligada a cerrar?

Fuera como fuera, William Tanner terminaría regresando a Nueva York o al lugar al que Rafe Cameron quisiera enviarlo. Él se llevaría consigo su corazón hecho pedazos.

Will salió a la terraza y se sentó en una de las sillas. Tenía una copa de whisky entre las manos. Se puso a observar el océano mientras que el agotamiento se apoderaba de él. ¡Menudo día!

La reunión con Rafe había sido breve y concisa, pero Rafe no había desvelado sus cartas. Se había negado a tomar una decisión en aquel momento. En muchos sentidos, aquello era un juego para él. Rafe Cameron personificaba la historia del pobre que se hace rico. Esto hacía que su fijación por Industrias Worth resultara aún más intrigante.

No por primera vez, Will se preguntó qué empujaba a un hombre como Rafe. Había perdido a su madre a una edad temprana y su padre se había vuelto a casar. Durante un instante, Will se preguntó lo que habría sido para él perder a cualquiera de sus progenitores a una edad temprana.

En aquellos momentos, Rafe vivía en una casa espectacular con vistas al mar. El apartamento era muy caro y, en ocasiones, Rafe había comentado lo mucho que distaba aquello de donde él había crecido. Sin embargo, seguramente estaba solo en aquellos momentos. Solo como lo estaba Will.

En lo más profundo de su ser había un vacío que no podía ignorar. Aparentemente, tenía todo lo que quería. Tenía su apartamento en Manhattan, un trabajo que adoraba. Desafíos todos los días que ponían a prueba su habilidad mental.

Debería sentirse en lo más alto. Había hecho un excelente trabajo en la absorción de Industrias Worth, había descubierto, con la ayuda de Jason Cole, la persona que había estado robando a la empresa. Entonces, ¿por qué carecía en aquellos momentos del sentimiento de satisfacción que solía acompañar a un trabajo bien hecho? Algo ocurría.

Tomó un sorbo de whisky y lo tragó lentamente. ¿A quién estaba tratando de engañar? Por supuesto que le ocurría algo. Le faltaba Margaret. Sólo pensar en su nombre acrecentaba el dolor que sentía. No tenerla a su lado, no verla sonreír o escuchar el sonido de su voz, no sentir la suavidad de su cuerpo bajo el de él…

Dejó el vaso sobre la mesa y lo miró. Nunca antes había sentido algo así por una mujer. Ella era lo primero en lo que pensaba al despertarse y lo último antes de irse a dormir. Después, ella se infiltraba en sus sueños con recurrente frecuencia.

Había sido un estúpido. Por fin había comprendido a su familia. Lo que querían para él. Había estado a punto de tenerlo con Margaret, pero lo había estropeado todo.

Se incorporó en la silla.

Amaba a Margaret Cole. No se lo podía creer. Lo dijo en voz alta.

–Amo a Margaret Cole.

El vacío que sentía en el pecho comenzó a aliviarse. Volvió a decirlo en voz alta, con más fuerza, hasta que lo gritó y atrajo la atención de una pareja que pasaba por la playa.

La quería, la necesitaba a su lado. Para siempre.

Regresó al interior de la suite, se puso una cazadora, agarró las llaves del coche y se marchó corriendo. No podía perder ni un momento más. Tenía que tratar de arreglar las cosas entre ellos.

Al llegar a la calle de Margaret, sintió las primeras dudas. Aquella sensación era desconocida para él.

Se detuvo frente a la casa y apagó el motor del coche. Permaneció sentado allí unos minutos. Aquello era una locura. Había ido sin avisar, sin saber siquiera si ella correspondía sus sentimientos.

Lógicamente, sabía que ella sentía algo por él. Una mujer como Margaret no se embarcaba en una aventura sexual con un hombre al que apenas conocía sin sentir algo. Repasó algunos de los momentos que habían vivido juntos, los momentos en los que ella había parecido más feliz. ¿De verdad podía esperar que Margaret lo creyera cuando él le dijera que la amaba? ¿Podría incluso soñar con escuchar las mismas palabras dirigidas a él?

Solo había un modo de averiguarlo. Salió del coche y se dirigió a la puerta principal de la casa. La luz del porche no estaba encendida, por lo que dudó antes de llamar. Era tarde y podría ser que estuviera ya dormida. Pues tendría que despertarse. Aquello era demasiado importante para esperar al día siguiente.

Llamó a la puerta y esperó. Los pasos al otro lado de la puerta indicaron que al menos alguien había en casa. La puerta se abrió. Fue Jason el que apareció en el umbral.

–Señor Tanner, ¿qué...?

–¿Está Margaret en casa?

–Sí, pero se ha ido a la cama.

–Jason, ¿quién es? –preguntó la voz de Maggie desde el pasillo.

Will se tensó al escuchar su voz y miró a Jason, que lo observaba con una extraña expresión.

–Tal vez debería salir un rato –comentó.

–Buena idea –dijo Will. Le dio a Jason las llaves de su coche y le entregó la tarjeta de la suite de su hotel–. Puedes quedarte allí toda la noche.

Cerró la puerta ante el joven al mismo tiempo que Margaret salía de su dormitorio. En el momento en el que ella lo vio, se arrebujó la bata.

Will se dirigió hacia ella.

–Tenemos que hablar –le dijo en un tono que no admitía réplica.

Margaret no podía creer lo que veían sus ojos. Will Tanner estaba allí, en su casa.

Lo condujo a la cocina y allí lo animó a que se sentara.

–¿Café? –le preguntó.

–Déjalo –respondió él mientras le agarraba la mano y la obligaba a sentarse en la silla que había a su lado.

Para ser un hombre que parecía tan dispuesto a hablar, estaba muy callado. Margaret trató de encontrar un tema de conversación.

–¿Cómo fue la reunión con el señor Cameron?

Will se encogió de hombros.

–Me dijo que consideraría mis recomendaciones, pero no me prometió nada.

Margaret suspiró. Sin embargo, fue él quien volvió a tomar la palabra.

–No he venido a hablar de trabajo.

–Entonces, ¿sobre qué? Eso es lo único que tenemos en común, ¿no?

–No. No es lo único que tenemos en común –respondió él–. Al menos, eso espero.

Margaret esperó pacientemente. Casi no se

atrevía a mover ni un músculo mientras él parecía pensar en lo que iba a decir.

–He venido porque no quiero estar lejos de ti. No quiero pasar otra noche más sin ti entre mis brazos. Nunca más.

Will la miró y ella comprendió que era sincero, pero quería más. No le bastaba con que él deseara su cuerpo. Tenía que quererla a ella entera. Cuerpo, mente y alma.

–¿Qué es lo que quieres decir exactamente con eso, Will? ¿Me estás pidiendo que volvamos a la situación en la que estábamos antes? –le preguntó.

–No. Fui un idiota al imaginar algo así. Jamás nos di la oportunidad de ser una pareja de verdad. De cortejarte. De mostrarte lo mucho que te amo y lo mucho que espero que tú, algún día, me correspondas. Quiero esa oportunidad ahora. Te amo, Margaret. Quiero que volvamos a empezar.

¿Que la amaba? ¿Estaba soñando? No. Ciertamente Will estaba en su cocina, tan guapo como siempre. Lo miró sin saber qué hacer o decir.

–Margaret, te ruego que me des otra oportunidad. No espero que correspondas mi amor inmediatamente. Sé que me he equivocado, pero espero que puedas perdonarme y darme una nueva oportunidad.

–Calla –susurró ella mientras le colocaba un dedo en los labios–. No tienes que decir más, Will. Yo te amo desde el momento en el que te vi por primera vez. Sé que parece una estupidez y que suena a algo terriblemente romántico, pero jamás había sentido un vínculo así con otra persona. Cuando me besaste, fue como si me transportaras a otro mundo. Temía admitir que pudiera sentir tanto tan pronto, pero cuando empezamos con nuestro compromiso fingido, supe que me estaba enfrentando a un imposible. Si no te hubiera amado, jamás podría haber estado contigo como lo estuve en San Diego. No me puedo creer que tú también me ames...

–Pues créelo.

Will se puso de pie y la hizo levantarse también a ella. Entonces, la tomó entre sus brazos y la miró a los ojos.

–Te amo, Margaret Cole, más de lo que yo nunca hubiera creído posible.

Cuando la besó, Margaret se vio inmediatamente asaltada por un deseo familiar que siempre acompañaba a las caricias de Will. Entonces, él le agarró las manos y la condujo por el pasillo hacia su dormitorio.

En la oscuridad de la habitación de su infancia, los labios de ambos volvieron a unirse y a fundirse. Las manos de Margaret despojaron hábilmente a Will de la cazadora antes de centrarse en los botones de la camisa para abrirlos uno a uno. En cuanto lo tuvo con el torso desnudo, le deslizó las manos por la piel. Sintió un profundo hormigueo en los dedos y todo su cuerpo se despertó inmediatamente. Bajo las palmas de las manos, sintió cómo se le tensaban los pezones. Apartó los labios justo lo suficiente para besar los dos y estimularlos con la lengua. Le encantó el modo en el que el cuerpo de Will temblaba como respuesta.

Él no perdió tiempo en desnudarla a ella. El camisón cayó al suelo, seguido de las braguitas. Cuando estuvo completamente desnuda, la empujó suavemente sobre la cama y se quitó los zapatos y los calcetines, para despojarse finalmente de los pantalones y de los bóxer con un rápido movimiento.

Margaret suspiró de felicidad cuando él cubrió su cuerpo con el suyo y gozó con el calor que emanaba de su piel y con las hábiles caricias. Cuando la empujó al orgasmo con los dedos, se colocó un preservativo y se hundió en ella.

Cuando Will comenzó a moverse dentro de ella, Maggie acogió con anhelo cada movimiento. Las sensaciones fueron tensándola más y más hasta que dejó escapar un grito de placer tan completo que pensó que iba a perder el conocimiento. El clímax de Will llegó casi simultáneamente. Permanecieron tumbados juntos. Margaret sostenía el peso del cuerpo de él con el suyo propio.

–Quiero que vuelvas a llevar mi anillo –dijo él–. Un día, cuando estés lista, quiero que seas mi esposa. ¿Qué te parece? ¿Quieres casarte conmigo?

¿Casarse con él? Margaret casi sentía miedo de lo que estaba escuchando. Sus deseos estaban claramente impresos en sus ojos. Todas sus palabras eran sinceras, por lo que Margaret sintió que la pena que le había rodeado el corazón comenzaba a desaparecer por fin.

–Sí –susurró–. Sí. Me casaré contigo.

El sol se reflejó en el anillo de Margaret mientras salían del despacho de Paige Adams a la mañana siguiente. Aunque tenía mucho trabajo para la siguiente gala de La Esperanza de Hannah, había accedido encantada a ocuparse de la organización de su boda para el mismo fin de semana.

Los dedos de Margaret le apretaron el antebrazo mientras una amplia sonrisa se le dibujaba en el rostro.

–¿Feliz? –le preguntó él, aunque ya sabía la respuesta.

–No podría serlo más –respondió ella.

En el Deseo titulado *Millonario encubierto,*
de Michelle Celmer,
podrás continuar la serie
NEGOCIOS DE PASIÓN